FLORET

READING

小花阅读

我们只写有爱的故事

青春阅读　幸得相见

笙歌 | 小花阅读签约作家

内心戏丰富，面部表情少，展示心理全靠表情包。

爱好多变，就像音乐播放器里的东西一样杂。无药可救的懒，对事对人都是间歇性热情。

很矛盾，希望生活平顺，但也渴望出现波澜。偶尔有颗想去世界流浪的决心。

伙伴昵称：蓓蓓、杭爷

个人作品：《春风拂我》《弥弥之樱》

弥弥之樱

FLORET

READING

▼

笙歌 著

【美好时光列车】系列 03

是时候告诉大家了，
我就是他的女朋友。

上海故事会文化传媒有限公司

上海文化出版社

《弥弥之樱》

笙歌 / 著

标签：我的青梅竹马不可能这么可爱 / 黑到深处是真爱 / 别家的孩子

有爱内容简读：

"是时候告诉大家了，其实我就是他的女朋友。"

喜欢你多久了呢？

从你刚刚那样子亲吻我；从你坐在对面教学楼，我们隔着一个小广场的距离相视而笑；从我们每次回家的时候，你让我靠在你肩膀休息；从你隔着被子把我抱在怀里哄我起床的时候……

我想起过往的点点滴滴，才确定，如果是命运的安排，那我睁眼看到你的第一眼起，就注定要喜欢你。

《路途遥远，我们在一起吧》

姜辜 / 著

标签：温柔又毒舌的面瘫入殓师 / 元气朝气的警队甜心 / 高甜预警

有爱内容简读：

"从第一次见面起，我就觉得你的眼睛很亮，你也很好看。"

"知道了。"莫名地，江棉就开始泪如雨下，"我知道了，阿生。"

阿生，我喝完这杯水了，嘴里的薄荷味很浓，冰箱也依旧在嗡嗡作响。

大概还有三个钟头天才会慢慢地亮起来，可是从这一刻起，我就已经开始想你了。

所以，阿生——其实每次这么叫你，都会让我的心变得潮湿和柔软。

那么阿生，明天见。

《请你守护我》

九歌 / 著

标签：磨人总裁大大 / 千年芙蓉妖 / 整个妖生都崩溃了 / 契约情人

有爱内容简读：

具霜盯着他的眼睛看了很久，终于面色舒展，呼出一口浊气："我认输了。"

她全然放弃了去挣扎，让自己在他眼中的星海里沉沦。

语罢，她又突然弯起嘴角笑了笑："可是我们来日方长，总有一天我会斗赢你。"

就这样吧。

没有什么需要去躲避，她不怕，她什么也不怕。

看着她唇畔不断舒展绽放开的笑，方景轩嘴角亦微微扬起："那么，请你守护我，我的山大王。"

具霜脸上笑容一滞，反复回味一番才恍然发觉方景轩这话说得不对，旋即恶狠狠地瞪向他："啊呸！我才不是山大王，叫我山主大人！"

方景轩眼角眉梢俱是笑意："哦，山大王。"

具霜气极，一拳捶在方景轩胸口上："都说了不是山大王！"

《听我的话吧》

鹿拾尔 / 著

标签：平台人气主播 / 冰山异能少年 / 鬼知道我经历了什么 / 危险恋爱

有爱内容简读：

说起来，我一直觉得你很像一个人。

一个见证了我前二十多年里少见的一次出糗的人。

命运捉弄的重逢后，又想用一辈子珍之重之妥帖收藏的人。

聂西遥将薛拾星紧紧搂在怀里，低笑。

"我已经牵连了你……薛拾星，我答应过，如果你遇到危险，我都回来救你，不管怎样我都会来救你。"

"聂西遥……"薛拾星的眼泪一下子流出来。

他呼吸很重，一下又一下打在薛拾星的脖颈处，但眼底一片平静。

"我会用我的一生保护你，你……信不信我？"

《顾盼而歌》

晚乔 / 著

标签：雅痞腹黑大明星 / 软萌隐藏迷妹 / 超能力 VS 免疫超能力 / 两个世界

有爱内容简读：

"我不知道我在想什么，所以，你直接说。"

面前的人眼睫轻颤，小小的拳头捏在两侧，又害怕又期待的样子，让人恨不得把她一把抱到怀里，再不放开。顾泽低了低眼睛，难得地强行让自己镇定了一把。

这是他第一次在遇到意外的时候这样无措，原本觉得她爱逃，怕吓着她，但是……

"我之前不说，是因为觉得你没有准备好，而我对你没有把握。但现在看来，是我估算错误了。"顾泽的唇边漫开一抹笑意，如同滴在水里的墨色，慢慢晕开，直至蔓延到他的眉眼，变得极深，"很感谢你陪着我骗人，没有揭穿那条微博，但从现在开始，让它变成真的好吗？"

"你能不能再直接……"

"我喜欢你很久了。"

《三千蔬菜入梦来》

九歌 / 著

标签：吃货萝莉 / 腹黑除妖师 / 活了一千五百年才初恋 / 妖王她是个土豆

有爱内容简读：

千黎不知不觉就弯起了嘴角："我倒是对你更感兴趣。"

李南泠不禁打了个寒战："女孩子家家的，别笑得这么荡漾。"

她的声音仿佛有着蛊惑人心的力量，让盘踞在李南泠脑子里挥之不去的声音陡然间全部消散，他将那柄槐木剑高高举起，只一剑下去，所有锁链皆应声而断。

他脑子里也仿佛有根弦就此断去，无数记忆碎片蜂拥而至，如潮水一般涌来，纷纷灌入他脑子里。

渐渐地，那些碎片交汇拼凑成一幅幅完整的画面，犹如放电影般在他脑海里一帧帧跳跃。

他在这短短一瞬之间，仿佛又重新经历一世轮回……

作者前言

一个退休了的"西瓜世家小公主"

写《弥弥之樱》的时候，我简直就像个神经病。

我经常拿着一把直尺量三十厘米到底有多高，暗戳戳地上淘宝去搜各种男性用品的尺寸，纠结过三十厘米小人儿的身材比例，然后用一个自己粗制滥造的纸糊模型在房间里面对比它和家具的大小，还去屋外的楼梯间模拟小人儿上台阶的难度。

因为，程淮变身之后，是一个生活不能自理的三十厘米小人儿。

安排这个主线并没有什么特别的初衷，不过是那时候脑海里的灵光一闪，后来大概想了一下情节之后，觉得会很有意思。

每个故事都有一个契机，能够让男女主角开始步入一条轨道。

而在这个故事里，程淮变身成迷你人，恰好给他和顾弥声创造了待在同一个屋檐下的机会。

截稿的那个月，我们有一个九天的小长假。

我去了绵阳，在一大片瓜田旁住着，因为我任性的老爹在那里种西瓜。

不知道是不是人老了，就喜欢种点什么东西。

反正我爹在他四十三岁的这一年里萌发了当农民的念头，于是一声不吭地跑来四川盆地，承包了不知道多少亩的田地，做一个新手瓜农。

不管怎么样，他开心就好。

写这个前言的时候，我爹已经卖完了今年种的西瓜。而借光自封没多久的"西瓜世家小公主"的我，也光荣退休了。

现在回想起来，乡下的日子，寂静又喧嚣，空气清新得像被水洗过。除了没有网络、蚊子太多、方圆几里没有超市之外，其实也没什么不好。

我经常和我的伙伴小黑狗一起看家，一人一狗孤独地坐在院门口。

院门一开，门前是一大片绿油油的玉米地，风吹过来会响起沙沙的声音，有点催眠。《弥弥之樱》有一小部分的情节是在这里完成的。因为百无聊赖，我只能拿出手机，开始在屏幕上慢吞吞地打下脑海中浮现的情节。

幻想一个迷你小人儿，对我来说并不太容易，偶尔会陷入瓶颈，导致完成这个故事的时间跨度有点长。

本来雄心壮志准备在这九天的假期里面完成这个故事，结果出行的前一晚，因为构思中断，我突然放弃了随身背电脑的想法。

哦，更大的可能，是因为懒。

总之，我一身轻松地坐上了前往绵阳的火车。假期结束，我过得并不愉快。

因为进度拖延，我连续熬了好多个夜晚，才堪堪赶上截稿日期。

最后，我一定要对着因赶稿复发的腰肌劳损立一下 flag，以后能拖一天的稿子，我绝不拖两天。

笙歌

2016 年 9 月 12 日

弥弥之樱

目　　录

Contents

弥弥之樱
目　　录
Contents

青梅竹马二十年,
黑到深处天然粉,
彼此介意才是爱得深沉!

/ 楔子 /
XIEZI

　　没有遮挡严密的窗帘，让早上七点钟的曙光透过缝隙，照进闲适安静的房间。

　　顾弥声蜷缩在被子里，一席好梦被室内的光线变化所干扰。她当下烦躁地皱了皱眉，翻身到背对窗户的那一侧，用脸颊来回摩挲光滑柔软的枕面，又继续沉浸在睡梦中。

　　一个三十几厘米高的人形玩偶，平躺在她旁边的枕头上，身上盖着一条对折起来的珊瑚绒浴巾。玩偶的面料精致考究，一看就知道价格不菲。

　　刹那间，人形玩偶睁开眼睛，他琥珀色的眼珠在阳光的照耀之下，像一对剔透的琉璃。他的眼睛也不似其他玩偶那样呆滞，而是光泽鲜活得像是有一丝流彩在那里浮潜。

玩偶小人儿掀开浴巾,穿着格子睡衣的身体灵活地往右边一侧,就沿着凸起的枕头坡面滚落至顾弥声的面前。两个人的距离近得让他能清楚地感受到,她的每一缕呼吸。

他趴在顾弥声面前,伸出手想在她的脸上拍打几下叫醒她。正巧,顾弥声似乎梦见什么开心的事情,嘴角扬起一个无声的笑容,让玩偶小人儿快要接近的小手,不禁又收了回去。

他索性盘腿坐了起来,双手托腮,认真地用眼睛描摹着顾弥声的轮廓,眼神中的温柔连他自己都没察觉到。

她睫毛浓密,平时一生气就瞪得格外大的眼睛现在安分地合着,小巧玲珑的鼻子随着呼吸一翕一张,樱粉娇嫩的嘴唇像是他们家樱花林里沾着晨露的花瓣。

再往下……

小人儿的脸色看起来有点不对。

顾弥声身上穿着的是她上个月新买的日式和风睡衣,上衣是对襟系绳的款式,在被她穿着翻来覆去地睡了一夜之后,衣服上打的活结有些松落,弄得整件衣服都松松垮垮的。她现在刚好对着玩偶小人儿这边侧躺着,因为重力的作用,一边衣服摇摇欲坠,左胸隐约露出大半春光。

玩偶小人儿被眼前的景象震得呼吸一滞,当即扭头,绯红慢慢地爬上脸颊,再蔓延至耳朵。全身的血液似乎都沸腾了,脑中的思绪也混乱得一塌糊涂，唯有几秒之前让他血脉贲张的画面，不断地在他眼前回放，顿时，他的呼吸又变得急促凝重，内心仿佛刮过一场狂风骤雨，掀起一波又一波的浪潮。

真是丢脸，像是个没见过世面的愣头儿青，可沙滩上穿着比基尼、比她身材好的美女比比皆是，也没见他这么没出息过。

可是一想到刚才的画面，他就像被泡在热水里面，焦灼得全身难受。

片刻间，天旋地转，刚才玩偶小人儿坐着的地方，转眼出现一个裸男。

顾弥声还在睡梦中，恍惚地感受到自己旁边的床面有点塌陷，但此时她的眼皮沉重得只能睁开一条缝，然而被睫毛遮挡也看不清东西。她伸出手往旁边探了一下，好像哪里有些不对。尚未清醒过来的她，暂时还不能及时处理回馈到大脑中的信息，只是下意识地感受到了来自指尖的触觉。

质地温热但坚硬如磐石，表面光滑细腻但又紧致结实。她揉了揉眼睛，然后费力地眨了几次，视线慢慢变得清楚。

"程准？"

这是顾弥声还没醒过神发出的声音，喉咙发紧，声音有点沙哑。是语调上扬的疑问语气，再加上刚刚睡醒，声音有些飘乎，听得人酥酥麻麻的，仿佛一片羽毛拂过心间。

"你去死啊！"

　　这是顾弥声看清楚自己的手正从程准的腹肌往下，快要摸到他的人鱼线而突然清醒时发出的叫声。叫声尖锐地传到在场的两个人耳中，连鼓膜都在颤抖。

/Chapter 01/

顾弥声人生中百分之八十的不开
心，都是来自于程淮。

程淮真帅！

请原谅身为中文系高才生的顾弥声居然只用平淡朴实的"真帅"
两个字来形容程淮。这算是她从周围"五十六种语言汇成一句话"
的赞美声中，提炼出来的核心内容。

周围全是"程淮，我爱你"之类的应援标语，恍惚间，她有种
身处于邪教中、而舞台上的程淮就是邪教教主的错觉。

这么说，其实也没错。

毕竟台下坐着的是从各地赶来、只为见程淮一面的五百名粉丝。

更何况，顾弥声右手边还有一个以"程淮做什么都是对的"为
人生准则的"邪教大护法"——谢行一。

程淮出道至今三年多，去年是他事业的转折点。

进入娱乐圈以来，他一直不温不火，直到去年接拍了一部小制作的网络剧才意外走红，被大众所熟悉。今年年初他凭借一部本来不被大家看好的电影，在国外知名的电影节中拿下了一个"最佳男主角"的奖项。现在，人气有了、奖项也有了，程淮真正地在圈内站稳，成为一线明星。

顾弥声一直觉得，老天太厚待程淮。不管他想不想要，他总能得到最好的。

所以，就算成了国内娱乐圈中最年轻的国际影帝，他也一副风淡云轻的沉稳模样。

程淮被主持人从后台请出来之后，本来人声鼎沸的会场一下子安静下来。

舞台上灯光璀璨，顾弥声从单反相机的镜头里，肆无忌惮地打量着程淮。

短发干净清爽，在灯光的映照下散发着一层柔和的光芒。简单干净的白衬衫没有一丝褶皱，袖口被妥帖地翻起，露出半截紧实有力的手臂。下身着黑色修身的西装裤，脚下是她一直想买、但嫌难洗于是作罢的绿尾小白鞋。

不得不说，程淮是天生的衣架。

与以前相比，最后一丝年轻恣意也被在圈内摸爬滚打几年的他收藏妥帖。他单手托腮，慵懒地坐在沙发上，身体却微微朝着主持人的方向倾斜，表明自己正在认真倾听。

这是程淮自小就养成的习惯，从细微处便能察觉到他对别人的尊重。就算是专业黑程淮十多年的顾弥声，也不能昧着良心反驳这一点。

他握着话筒的手骨节分明，手指头修长干净。顾弥声想到之前网上有人发起一次"你喜欢程淮身上的哪一部分"的投票，排名第二的就是他的手。

顺便说下，排名第一的是他的脸。嗝！

程淮回答问题的时候，目光直视提问人的眼睛，眉眼含笑，一派谦谦君子的温柔模样。瞳孔里反射着从四周打过来的灯光，像是漫天的星河璀璨都落在他眼里。

"My 淮今天也很好看吧？"

"My 淮"是谢行一对自家艺人的专属爱称。

谢行一和后排的粉丝，直白地透露程淮最近行程有多赶、工作有多辛苦，引得粉丝连连心疼不已之后，他又心满意足地过来和顾弥声小声搭话，话语间依旧保持"我家艺人 No.1"的腔调："真羡慕你有他这么优秀的青梅竹马啊！"

表达了心中的小情绪之后，他骄傲地双手环胸，看向台上正回答问题的程淮，完全没有注意到他刚才的话，让顾弥声听得差点呕出血。

"如果你从小生活在你青梅竹马的阴影下，做什么都被人拿来跟青梅竹马比较，关键是你还比不过他，你还会羡慕我吗？"

顾弥声一口气都不带喘地说完了这句话，语气里的怨念引得谢行一再次侧目。

"可是……你的竹马是程淮啊！如果不是他，我一定心疼你三十秒。"

哦，这样子啊，你开心就好。

她怎么就忘了，旁边这位是程淮死忠追随者之一呢？

顾弥声认为，她人生中80%的不开心，都是因为程淮。

她回家没有立即做作业、考试只考了99分、周末睡到日上三竿，或者是因为偷懒没有帮忙做家务的时候……"程淮"这个名字总会被父母提起。

甚至，顾弥声因为不满爸爸妈妈喜欢程淮多过自己，而选择离家出走被找回来之后，受到的批评教育还是"你看看人家程淮，从小就不让他爸妈操心"。

虽然没有什么杀父之仇、夺妻之恨，但她心里对程淮的积怨也是不共戴天的。

这就是为什么叛逆期的顾弥声从程淮入行以来，就孜孜不倦地在网上黑他的原因。

一个半小时的见面会很快就结束了，场面再次嘈杂起来。

粉丝们还想再多看程淮几眼，于是大部分人都情不自禁地往他退场的方向挤。

作为程淮经纪人的谢行一见状，立马领着几个保镖，当仁不让地围在程淮身边，用身体隔绝出一块空地，护着他退场。

只是这种人头攒动的场面，一不小心就会有意外情况发生。

在众目睽睽之下，一名不知从哪里冒出来的女粉丝张开双手，快速朝着程淮冲去。

在场的所有粉丝都在担心程淮被占便宜，有些还情不自禁地喊出"不可以"三个字，只有顾弥声兴奋地举起相机，准备来个程淮被扑倒的十连拍。

要知道程淮这个人，一向很保守，除非拍戏需要，不然很难看到他和别人有什么肢体接触。所以，这种难得一遇的画面，必须要记录下来。

接下来的场景，说实话，也好像是在情理之中——在所有人都没反应过来的时候，程淮脚步一顿，往后退了半个身位，极其顺手地把离他最近的谢行一推到了那名粉丝的怀里。

一瞬间，顾弥声似乎听到了全场粉丝集体松了一口气的声音，似乎所有被提拉起来抛在半空中的心，又落回到原本的位置，除了因为事发太突然，还没有理清状况的谢某人。

等谢行一跟怀里的人拉开距离之后，程淮的脸上早已没有之前的笑意。他面无表情，脸部线条刚毅凛冽，目光无波无澜，却让人不敢与之对视。

　　"顾弥声，你能换个让我看着觉得你会舒服点的坐姿吗？"

　　程淮一上车就调整好座椅，躺着假寐。艺人忙碌的生活，让他早就养成了见缝插针小憩片刻的习惯。

　　奔驰保姆车在宽阔的城市大道上疾驰，落日的余晖时不时地透过车窗洒在他的眼皮上。

　　程淮掀开眼帘，拉上遮光窗帘，准备在到家前的这段时间，再合眼缓解一下酸涩的双眼。目光流转间，他看到斜对面的顾弥声，整个人都快贴在车厢上，这才问了一句。

　　虽然程淮知道她一定是为了嘲讽他，但仍不解她为什么要摆出这副姿态。

　　顾弥声自上车起，就没有说过一句话。她紧贴着车门，低头翻看单反里面的照片，认真地从程淮每张都帅得让人移不开眼睛的照片中，勉强挑出几张不尽如人意的抓拍来。

　　从程淮的表情包在网上流行开始，程淮就越来越会管理他的表情。随之，顾弥声制作他的表情包的难度也直线上升，因为合适的素材太少了。

　　见别扭的坐姿被注意到后，顾弥声这才开始慢慢挪动已经僵硬的身子，把自己舒服地陷在车座里面。她左右扭动放松脖颈，关节"咔嚓咔嚓"地响起。那样子坐着，她也很辛苦的呀。

"刚刚不是你说的，女孩子要矜持些吗？"顾弥声咂嘴。

这是程淮还在会场的时候，对那名扑过来的女粉丝说的话，语气严肃，仿佛寒冷严冬刮来的风刃。虽寥寥几字，可一字一句都无比森冷，让人委屈得泪流满面。顾弥声在一旁捂着嘴窃喜，虽然这样子有点不厚道，但是，她喜欢看误入歧途的少女幡然醒悟知错就改，从此对程淮粉转路人、甚至是转黑的戏码。

然而，顾弥声期待上演的情景，在程淮让谢行一递上一包纸巾之后，就立即告吹。那名粉丝的脸上再次泛起红晕，含情脉脉地望着冲她点头后就擦肩而过的程淮。

这手"打一棒子又给颗糖"的计策，他倒是用得炉火纯青！顾弥声不得不自叹不如。

"那你想让我怎么说？"程淮的声音慵懒，听起来显得他整个人无精打采、昏昏沉沉的，不似在外人面前的酷帅模样，"这次虽然没成功，欢迎你下次换个方式继续来扑我？嗯？"发音模糊却撩人，上扬的尾音，从鼻腔里发出来，意外性感酥软。

他话音刚落，保姆车突然往右边猛地拐了一下，下一秒又恢复正常。

"对不起。"驾驶座上传来一道有点奇异的声音，听得出来他的声音因为想要抑制笑意而有点变调，似乎是长呼一口气后，他的声音又响起，"刚才，手抽筋。"

坐在副驾驶座上、笑得腹酸的谢行一，也跟着长呼一口气后，看向窗外。店铺林立，人头涌动，车外的世界依旧精彩，他不该让自己的思维集中在身后两位的对话上。

顾弥声显然没有想到程淮会说出这么不要脸的话，愣了片刻，才找回自己的声音："所以，我正在矜持。"

"那你似乎晚了快二十年。"程淮翻了个身，面朝着顾弥声的方向，他虽然闭着眼，可依然能感受到她落在自己脸上的目光，不用看也知道她在心底骂他什么。程淮嘴角带笑，在顾弥声看来，这个笑容有些轻蔑，实在欠扁。

"小时候是谁穿着开裆裤和我睡在一张床上的？"

那时候自己才一岁零两个月，没有人身自由的我难道就不无辜？顾弥声瞪大眼睛，就知道他的嘴里说不出让她满意的话来。

她坐直身体，声调也不自觉地提高："我等下就去问程阿姨，为什么年少无知的我会出现在你的摇篮床里！"

汽车再次颠簸了一下，这回不等司机道歉，程淮就开口："不知道的还以为我在游乐园里坐过山车。"

"抱歉。我的手今天一直抽筋，刚刚缓过去了。"

得到司机的回答，程淮这才满意地点头，准备和顾弥声继续刚才的话题，却被她突然响起的手机铃声打断。

他闭着眼继续假寐，脑子里却通过对面传来的声响中，精准地描绘顾弥声此时此刻的动作与神态。

顾弥声扫了一眼手机上的来电显示，手指迅速地划过屏幕。

"学长？"

因为车厢太过安静，于是电话里面钟以梁温润的声音，通过空气的介质传播到在座的每个人的耳朵里。

"弥声，晚上有空吗？"

一般人，在提出一个约会的请求之前，都会说出这么一句开场白，以示自己的礼貌。

只有程淮这个不一般的人，在见面会散场后，打电话给顾弥声，才会直截了当地说："来地下车库，晚上跟我回家吃饭。"

要不是他紧接的那句"我妈来了，给你捎了东西"，顾弥声肯定让他知道这种口吻，注定是被人拒绝的下场。

只是今天的时机不对，她只能拒绝走正常流程的钟以梁。

"不好意思啊，学长。今晚我阿姨来了，要去她家吃饭。"

程淮闻言，嘴角略微提了一下，又快速恢复成面无表情的样子，他知道顾弥声往自己这边看了一眼。

"没关系，改天再约也一样。"

"好，那下次再约。"

"晚上回来的路上小心点。"

顾弥声单手托腮，眼睛弯成一条弧线，嘴边的梨涡若隐若现。

她没有注意到，早就睁开眼、观察着她一颦一笑的程淮，眼底划过一道暗光。

　

程淮在 Z 市的房子，位于市郊新开发的一处高档小区"清源河畔"。小区不仅安静、绿植多、环境优美，而且安保设施到位，里面大都是自恃身份的富人，就算认出程淮也不会太过惊讶。

时节已入初夏，树上早已成熟的晚樱，层层叠叠，看上去一片粉云香雾，在 5 月晚风的吹拂下，簌簌地飘零落下。

程淮让司机把车停在进入小区里的一条樱花小道上。

他定居在这里，还有一个原因是，这个小区里种满了樱花。

他侧头看向一旁的顾弥声。

果然，她早就摇下车窗，伸出手去接翩然而下的樱花。不等车停稳，她就迫不及待地打开车门，大步踩在地上铺着的厚厚的樱花瓣上。

他们家乡附近有一片樱花林。不过，程淮并没有非常喜欢，倒是顾弥声钟情樱花。

程淮选房子的时候，谢行一正好提了一句这个小区会打造一条落樱风景线，于是他就直接敲定住所。想来是因为，离家太久，樱花多多少少让他有点熟悉感。

顾弥声站在樱花小道入口，拿着手机不停地摆姿势拍照，都不用使用特别的滤镜，每一帧风景都有自然灵动的美感。她满意地欣赏完自己拍的照片，就马上把所有图片发给了远在日本的苏晓，告诉她等下次花期到来时，就来这里取景。

也不是非得赶着时间去日本拍樱花的嘛。

大门一打开，顾弥声就张开双手，把眼前这位美妇人抱个满怀，软糯糯地叫了句："程阿姨。"

"哎哟，我们家阿声又瘦了。"程妈妈把顾弥声仔细打量了一圈，又捏了几下她的细小胳膊，"我做了几个你爱吃的菜，晚上要多吃点。"

像其他家长一样，程妈妈总觉得孩子们在外面受了委屈，吃不好、穿不暖，所以一见面就主观地觉得顾弥声瘦了，热情地招呼着顾弥声往里走，像是要通过今晚上的这顿饭把她瘦下去的肉全都补回来一样。

"好呀。"顾弥声嘚瑟地斜眼看了一眼在旁边备受冷落的程准，甜甜地应着程妈妈的话，"我好想吃程阿姨做的菜呀，等下负责把菜全扫光。"

程妈妈从怀孕开始，就希望自己能生个女儿。那时候医院还能检查胎儿性别，只是看她怀孕的状态，大家都说她肚子里怀着的是闺女。

结果，十月怀胎就等闺女出生，把闺女打扮得漂漂亮亮的程妈妈，在生完孩子醒来，被告知自己生了儿子的时候，内心是崩溃的。

带着没有女儿的遗憾心情，程妈妈在生完孩子的几个月后，把自己早就准备好的一箱裙子都送给了隔壁刚出生的顾弥声，顺便把对女儿的一腔爱意也送了出去。

"什么时候放假啊？你爸妈在家里经常念叨你。"

饭后，程淮自觉地进厨房里洗碗，因为程妈妈一直坚持"穷养儿，富养女"的原则。所以，吃到肚子圆滚滚的顾弥声平躺在客厅的沙发上，头枕着程妈妈的大腿，闭着眼任由程妈妈的手在她的肚子上抚摸、按摩。

"嗯，等期末考试结束后，我就回去。我在家待久了，又得被他们嫌弃。"

"在学校谈恋爱了吗？"

"我要好好学习的，怎么能随便交男朋友？"顾弥声忽地睁开眼睛，语气坚定地跟程妈妈表决心。别说现在没有男朋友，就是有她也不能承认，否则，她每天都会接到很多从家里打来的电话。

刚洗完碗从厨房里走出来的程淮听到顾弥声的回答，一边放下自己挽起的袖子，一边漫不经心地拆台："那在车上的时候，打电话来约你的人是谁？"

"他只是一位很好很热心、帮过我的学长。"她给程淮丢了一个白眼，"你少造谣。"

不过，钟以梁确实帮过她不少忙。

程准撇了下嘴，又耸了耸肩膀，一副不是很能接受这个答案的样子。

顾弥声并没有把他的这个反应当回事，反正只要程妈妈没多想就好。但是，这个回答似乎也不能让程妈妈感到满意，顾弥声在察觉到她脸上浓浓的八卦神情之后，生怕她接着问下去，立马坐起身来，准备告辞回学校。

"程阿姨，时间不早了，我回学校啦。"

也不顾程妈妈的挽留，她迅速逃走了。

/Chapter 02/
是时候和发小绝交了。

　　顾弥声的父母似乎从来都对顾弥声放心不下，特别是现在顾弥声脱离了他们眼皮底下的活动范围，在离家三小时车程的 Z 市上大学。

　　所以，一有风吹草动，顾弥声就能接到家里二老的垂询电话，更别说是有关于谈恋爱的问题。

　　此时，希望保留点私人空间的顾弥声坐在副驾驶座上，恶狠狠地瞪了程淮一眼，又转过头看向窗外，不准备和他说一句话。

　　顾弥声暗自决定，下次回家之后一定要认真地跟爸爸妈妈、还有程阿姨，说一下程淮高中时期早恋的事情。

　　车子停在 Z 大对面的一个小区里。

　　B 栋 501 是程淮大一时候买下的房子，只是后来名气大了，他就搬走了。等顾弥声也考进 Z 大，就让她住着了。

"回去之后早点睡，别老是熬夜，知道吗？"程淮拉起手刹，扭头对靠在副驾驶座上昏昏欲睡的顾弥声说。

树影阑珊，顾弥声的脸一半沐浴在月光下，一半藏在阴影里。她睫毛微颤，闭着眼睛摸索着准备解开安全带。

他歪着头看着她"盲人摸象"，无声地咧开一个笑容。

无奈之下，他侧过身熟练地帮她解开安全带，然后拍拍她的脸，调侃道："科学证明，睡得晚的人都长得丑。"

"那你不是丑得没脸见人了？"顾弥声睁开眼睛。别以为她不知道，当演员赶行程，经常日夜颠倒。

程淮没有把顾弥声的挑衅放在心上，只是挑了一下眉，掷地有声地说："我底子好。"

哼！这样子的程淮才更气人。

顾弥声愤愤不平地关上车门。

程淮眼含笑意地目送她往楼里走去，顿觉连续赶了一个月行程的疲惫消失不见。小姑娘每次和他针锋相对，几个回合之后总被他噎得无话可说，除了翻白眼，再无他法。

这是他在连轴转的日常生活中，能让自己开心起来的方法之一。

就在他准备发动车子离开时，却意外发现顾弥声正在往楼底下的一个身影走去。

他脸上轻松的神色渐渐收敛，不需要思索，大脑就已经做出反应——那个身影就是顾弥声口中帮过她的学长。

这么想着，程准下了车，合上车门，朝着听到身后动静，于是停下来往回看的顾弥声走去。

"你怎么下来了？"说话间，顾弥声又不自在地回头瞥了身后那个人影一眼。

她一直以来都小心隐瞒着自己和程准认识的事实。幸好，钟学长看上去也不会是那种多话的人。

程准自然不能说我想看看你学长长什么样，于是随意找了个借口："天这么晚了，楼道暗，我把你送进屋再走。"

这时，在阴影里等了许久的钟以梁也走到光亮处，这才让程准看清他的脸。

和程准差不多的身高，戴着一副眼镜，外表斯文干净。他看向顾弥声的眼神，程准再熟悉不过，是演感情戏的时候，导演一再强调的眼神。

"学长，你怎么在这儿？"顾弥声暂时把程准晾到一边，迎上前几步，"你在这里等了很久吗？怎么没给我打电话？"

钟以梁不露痕迹地打量了一下程准，稳了稳心神，回答顾弥声："我也刚到。翻到这几本书，想着可能对你的学年论文有帮助，就给你送过来了。"说完，晃了一下拿在手里的书。

"其实不用这么麻烦的，明天去院里时带给我就好啦。"

"没关系，正好晚上出来散下步。"钟以梁这才开口问，"这位是……"

"程淮。"一直在旁边安静围观的程淮总算等到自己开口的时机，他伸出手，"Z大物理系，大四。"

"还是电视上的大明星。"钟以梁轻握程淮的手，随即又放开，显然他知道程淮，也经常听到同学对着电视讨论程淮，但此时，他想知道程淮和顾弥声究竟是什么关系。于是他紧接着开口，"我是弥声的学长，钟以梁。"

只是程淮并没有顺着他的意思，介绍自己和顾弥声的关系。程淮双手插兜，站在夜色里，用清冷的声音说："我知道，阿声刚才跟我说过，还要谢谢你对阿声的关照。"

钟以梁挑高眉，玻璃镜片反射着路灯的光晕，让人看不清他眼里的神色。

弥声和阿声，光从称呼上就能让人轻易察觉出关系的亲疏远近来，更别说他话里的意思。

"你们这算是愉快地认识了，那能再愉快地道别吗？"顾弥声抱着书，连打了两个哈欠，双眸中水雾弥漫，"我要困死了。"

少女因为困意而不自觉地在声音里表现出来的娇嗔，打断了两个人之间无声地较劲。

"那就不在这里耽误你的时间了，我送阿声上去。"程淮果断地把顾弥声手里的书接过来，等顾弥声和钟以梁互道晚安之后，就虚搂着顾弥声进了楼。

徒留下在他们身后神色不明的钟以梁。

小区年代久远，楼道昏暗窄小，低瓦数的声控灯在头顶忽明忽暗，程淮自然地用空着的手牵着顾弥声，带着她往楼上走。

顾弥声的手机铃声突兀地响起，她揉了揉沉重的眼皮，是妈妈打来的电话。

"阿声啊，我不给你打电话，你是不是都不知道给你家中的老父老母打个电话啊？"顾妈妈的声音在安静的楼道里显得尤为清晰、响亮。

"我准备一回家就给你打电话来着，是你打得太早不给我机会啊，妈妈。"

"伶牙俐齿，你这是把责任推到我头上了？"顾妈妈拒绝接女儿扔过来的黑锅，又开始例行公事地每日一夸，"你看看阿淮，不管多忙都打电话给他妈妈。别人养个儿子，比女儿贴心多了。"

是的，顾妈妈每日一夸的对象，只有程淮。

顾弥声瞪了一眼在一旁默不作声、始终保持微笑的程淮。怎么这么多年就没人发现他的真面目呢？家长们都是看表面的。这个虚假的世界，让真性情的自己备受伤害啊！

想到这儿，顾弥声孩子气地嘟了嘟嘴，把手机递给程淮，让他接受来自自家母亲大人的赞美。

她发誓，等下一进家门，就做一套程淮的表情包，以抚慰自己受伤的心灵。

程淮从小就深受长辈的喜爱，和顾妈妈更是聊得来，所以就算他们是以蜗牛的速度走到五楼，顾弥声也是过了好一会儿，才等到那边的顾妈妈挂断电话。而且，顾妈妈挂电话之前都没有想起来和女儿说一声晚安。

就算是接受了程淮比自己更受欢迎的设定，可顾弥声还是接受不了这个事实的打击。所以等程淮还回手机的那一瞬间，顾弥声立马把他另一只手上的书本也夺过来，然后毫不留情地把千万粉丝的男神关在门外。

进了房门，一腔怒火的顾弥声决定今日事今日毕。

睡意全消的她麻溜地打开电脑，把今天拍摄的照片导出来，驾轻就熟地用 PS 把程淮的照片 P 丑之后，再配上文字，一套表情包就这样新鲜出炉了。

顾弥声打开微博，把九张图发表在自己"声声慢"的微博账号上。

早就已经等在微博底下的程淮众粉丝，立马收图。

"声大好勤快，已更新聊天表情。"

"是时候和发小绝交了，她居然都没用过程淮的表情包。"

"在程淮360°无死角的美颜之下，声大还要想尽办法拍到wuli淮的丑照，真是难为你了。"

在顾弥声这么多年的苦心经营之下，程淮早就占据了表情包界的半壁江山。她也因为多年专心于"黑程淮"这件事，而在饭圈里有一定的地位。

虽然这些故意丑化的照片并没有达到顾弥声想要的效果，反而让程淮的人气日益高涨，但想到程淮的丑照已经流传在大部分人的日常生活中，顾弥声就有了继续丑化他的动力。

看到大家自觉地更新了表情包，顾弥声满意地关电脑睡觉去了。

已经躺在床上的她并没有看到，微博上的一个娱乐公众号发出一则消息：国内小鲜肉影帝疑似女友曝光，明天见。

影帝级的小鲜肉，除了程淮，再无第二个人可以对号入座。

一时之间，网友们的反应，如同冷水进了油锅——

炸了。

/Chapter 03/

从小就会这么糊弄人，长大之后
还得了？

特地被放得很远的手机，发出刺耳尖厉的铃声，在顾弥声的美梦中撕开一道狰狞的口子。薄被底下的一团凸起慢慢朝着柜子的方向挪去，从里面伸出一只手，胡乱地摸了好几圈才成功地把铃声掐断。

在"早上一二节是系主任的课"的鞭策下，顾弥声只花了半个小时就收拾完自己，神清气爽地坐在中文系的某个教室里。然而今天，周遭的环境有点不对，就算是系主任的余威，也不能压制班里的女生无心学习的躁动心情。

顾弥声听见自己的耳朵里隐约蹦进了"程淮"两个字。虽然周围同学讨论的声音不太真切，但她确定没有听错。

只要是有关程淮的消息，她都想第一时间知道。如果时机允许，她还要拿着微博账号去补一刀。

拥有这种觉悟的顾弥声也抛开好好学习的决心，当下就拿出手机，点开微博。果然，不用特别去关注，首页早已遍布一个娱乐公众号发出的微博。

不八卦会死 V：影帝程淮疑似携女友归家。不知道这张照片会让多少淮粉失恋呢？【附图】

微博附带的图片有点眼熟，顾弥声没来由地心底一慌，等图片加载出来一看，果然发现自己也出现在照片里。

正是昨天程淮带她回家的照片，那时候程淮正侧着脸跟她说话，所以照片上他的模样很好辨认，而顾弥声完美地只给大众留了个模糊的苗条的背影。这让她颇觉幸运地暗自舒了一口气。

知道了事情大概，她略微放下心，这才有工夫注意到"声声慢"的微博提醒。关注她的人，都给她留言问她准备什么时候发微博。

程淮从出道以来就是零污点，绯闻也几近没有。以前他是娱乐圈中的小透明，别人不可能搭理他，他也没想过捆绑谁一起炒作上位。去年他开始大红大紫，每个在镜头前想误导大家"自己和程淮关系匪浅"的人，都被程淮工作室不客气地打回原形。

所以这次照片一出来，程淮的粉丝都还处于震惊的状态，毕竟这也算是"实锤"。一部分人在观望事情走向，另一部分人希望粉丝中间能出来几位大神解释一番。而恰恰大部分的粉丝都知道，"声声慢"是爱到深处自然黑的程淮头号黑粉。从程淮出道以来，几乎是一有什么消息，她就闻风而动，趁机去酸几句。

哪怕是铁打的真爱粉，也没有她这么专一、长情，所以这时候，大家都想让她发条微博说一下。

顾弥声表示，虽然前半句"爱到深处自然黑"有点错误，但后半句，真的一点都不假——她从来不会放过对程准补刀的机会。

可是，现在和他传出绯闻的人，是她顾弥声啊！

就算是黑程准，她也不能搭上自己。于是，保留了最后一点理智的顾弥声，准备去一直合作的营销号那里，爆一段程准的黑历史。

嗯，这回就说，程准在高一元旦晚会上献唱，结果唱错歌，可他神奇地把那首歌改成了原来准备唱的那首歌的曲调。因为改得太过契合，所有人都被糊弄过去了，直到晚会的视频被 PO 在校园网上，才有人发现，程准完全是在唱其他歌的歌词。

看，这就是你们的偶像，从小就这么会糊弄人，长大之后还得了？

程准是在睡梦中被谢行一打来的电话吵醒的。

他有些低血糖，还未清醒过来的大脑，在接收了"营销号拍到了你和阿声的背影照，然后曝光你有女朋友"的消息之后，仍然一片混沌。

直到一脸兴奋的程妈妈拿着 iPad 进来，指着从微博上转载过来的 QQ 新闻问程准："你和阿声在谈恋爱？"

姜不愧是老的辣，程妈妈简单粗暴的一句话，立马让程准明白了事情的前因后果。他快速地浏览了新闻之后，让还没有挂断电话的谢行一去发通告澄清。

程准仔细地研究了一下那张照片，凭良心讲，拍得还是挺好看的。大概是皎洁纯白的月光让樱花小道覆盖了一层看不真切的朦胧与柔和，以至于照片里的程准望向顾弥声的眼神都显得含情脉脉。虽然只拍到顾弥声的背影，但他想想还是给她发去了一条信息："我已经让谢行一去澄清了，别担心，不会有人认出你的。"

可是在程准发出信息的下一秒，他就被人打脸了。

"怎么样？"接起电话之后，顾弥声听到苏晓在电话那一端没头没脑地问了这么一句，让她一头雾水。

"什么怎么样？"

"当影帝背后的女人啊！"苏晓一边打着电话，一边给模特搭配服装，"别以为我没认出来，网上爆出的和程准一起被拍到的那个背影其实是你。"

"姐姐，你眼睛可真尖啊！"

"你这是在夸我，还是损我呢？能跟程准走那么近的女人，除了你，还能有谁？而且，你身上的衣服都是我们店里的好嘛，身为服装设计师，你的三围我一清二楚。"

苏晓的声音里明显带着对自己这份职业的自豪感。

顾弥声觉得她的合伙人，说的话里满满都是槽点。不过没等她反驳，苏晓又开口，说出打来这通电话的真实目的："工作室到了一批夏装，你赶紧来拍照。我还等着在淘宝赶紧上架呢，已经有好多人来催我们的新品了。"

苏晓是程淮的同学，也是顾弥声从小学到高中的同桌。直到高二苏晓放弃高考，去了韩国进修服装设计，她和顾弥声这才了断一直同桌的"孽缘"。要问苏晓和顾弥声的友情为什么那么坚实？可能是，她真的不厌其烦地听了很多年顾弥声对程淮的抱怨吧，虽然苏晓并没觉得那是在抱怨。

所以等苏晓学成归来之后，顾弥声拿出了自己多年攒下来的零花钱，和她合伙开了家以女装为主、男装为辅的淘宝店。一年多的时间，她们的淘宝店也从默默无名发展成了现在稍微有了口碑的两颗皇冠店。

顾弥声是每年拿三成分红的小老板，除此之外也负责当店里不用露脸的服装模特。

其实，程淮也为她们的小店拍过不露脸的模特照。

说到这点，谢行一特别无奈。程淮是个任性 boy，国内一线的杂志封面，只要拍了就能证明他在时尚圈的地位，他却不假思索地推掉。但是，每次顾弥声试探性地提出请程淮帮忙拍照，就算是没档期，他也会挤出时间去。甚至有时候，他还积极主动去问顾弥声最近需不需要他帮忙。

要不是谢行一对程淮有谜之好感，为他家艺人找了一个"很有同学爱"的理由，不然，经纪人他都觉得当不下去了。

顾弥声立马答应苏女王的调遣，想想下节是不计学分的选修课，她也就没有心理负担地收拾书包，准备翘课去工作室报到。

一踏出教室，她就看到迎面朝他们班走来的钟以梁。

"咦，学长，来找人吗？"

钟以梁摇头："不，我来你们班帮覃老师代一节课。"

顾弥声没有注意到这些，立马接话："正好我有事要出去，学长帮帮忙啦。"

他们系不管是专业课还是选修课，上课点名是必须的。不过，既然是熟人来代课，顾弥声还是想争取不上花名册。

注意到她身后背着的双肩包，钟以梁一贯挂在脸上的笑容有点暗淡。他推掉了原本的学生会会议，特地去覃老师那里接过了代课任务。

"你这是对我有意见吗？看到是我，就光明正大地逃课了。"

"哪有。因为是你，我才放心大胆地说出来呀。"

被顾弥声无心的一句话给安慰到的钟以梁还是点头答应了。想到早上在微博看到的消息，他走在顾弥声的身边，用比之前小一倍的音量说："我看到了网上爆出的你和程淮在一块儿的照片了。"

所以，程淮，还有多少人要用实际行动来反驳，你在短信中说的"不会有人认出你"？顾弥声内心怜爱了一下快被人打肿的程淮的脸。

"嗯，还好是背影照，其他人都不会知道是我。"

钟以梁愣了许久，才把到嘴边无数次又被他吞回去的话问出来："程淮和你似乎很熟？"

"他？"好像是从初中之后，就没人问过程淮和她是什么关系的问题了，顾弥声一时之间也不好定义程淮对她来说到底是怎样的存在。忽然，她似乎想到什么，眼睛弯成一道弧线，"相爱是不可能有的，现在大概只剩相杀的邻家哥哥吧。"

听到她的回答，钟以梁的心微微一紧，脸上还是保持着云淡风轻的神色："不过他已经是娱乐圈的明星，一举一动都活在记者的相机下，我担心你会因为他，生活被人打扰。"

顾弥声认真地点了点头，不过她也不以为意。平时程淮忙着拍戏做宣传，就算空闲的时候，也是去物理系上课。要不是因为程阿姨最近来 Z 市了，他们也很少能够聚在一起。

不过，顾弥声还是感谢学长对自己的关心："嗯，我知道的。"

程淮的工作室在照片被爆出来的两个小时后，立马用蓝 V 微博发了一条澄清消息。

程淮工作室 V：wuli 淮大王在睡梦中下达指令，昨晚他只是单纯地邀请了圈外好友去家里吃饭。真的只是好友，只是恰巧性别为女。如果 wuli 淮以后有情况的话，耿直的淮少表示，一定会及时通知大家的！谢谢朋友们的关心，大家上午好。

不管别人信不信，反正起先要死不活的淮粉们，相信了。

然而，各家的娱乐记者，还是重点关注了程淮接下来的行程。

/Chapter 04/

讲道理，这张脸是对得起微博
5000 多万粉丝的。

Z 市没有程妈妈能串门的好友，程淮也因为之前就排好的行程，经常不在家，没太多时间陪伴她。顾弥声虽然有时间，但是刚刚被误传出和程淮交往的假消息，也不好过多地往程淮家跑。于是，程妈妈在 Z 市待了几天之后，就准备回老家去找她的一干知心老姐妹了。

被程妈妈精心投喂了几顿的顾弥声，在知道程淮可能没时间送程妈妈去高铁站的时候，立马请缨揽下送行的任务，顺便可以侧面衬托一下程淮作为儿子的失职行为。

候车室里，顾弥声依依不舍地拉着程妈妈的手，依偎在她的怀抱里。不管之前有过多少次送别的场景，大家似乎从来不习惯这种时刻。

顾弥声压抑住心中的酸涩，故意说着并不符合眼下画面的话语。

"下次程淮回家的时候，别给他做好吃的。你要回家，他也不知道来送你，一点都没孝心。"顾弥声时刻抓住给程淮穿小鞋的机会。虽然是为了缓解离愁，但多少也带着她的真情实感。

程妈妈笑着附和："俗话说得好，女儿才是妈妈的小棉袄，生儿子一点用都没有，现在也不来送下我。等你放假回家，程姨继续给你做好吃的。"

顾弥声开心地点头，感受程妈妈的手温柔地轻拍她的后背。

果然，这世上只有程妈妈最合她的心意，起码在一起说程淮不好的方面上，她再也找不出第二个可以陪她一起吐槽的人了。

程淮坐在飞回 Z 市的头等舱里，帮谢行一玩《愤怒的小鸟》，无端地觉得浑身一凉，冷不丁就打了个喷嚏，手下的小鸟不自觉地松开。几秒后，游戏里传出庆祝通关的音乐。

"你玩游戏也这么厉害！"坐在程淮身边、一直关注游戏进程的谢行一，差点兴奋得从位置上跳起来。他要去朋友圈炫耀，连游戏带程淮一起！

"有这么高兴？"不过是根据角度和加速度来判断小鸟的降落地点和降落速度，高中物理就可以解决的问题。程淮大手一翻，PSV 在指尖旋转半圈递到谢行一面前，这个动作让机舱里一直关注他的空姐们再次被迷得小鹿乱撞。

谢行一接过 PSV 锁起屏幕，准备一下飞机就拿手机拍照发朋友圈。

"如果不是你今天帮我通关，我都要卸载这个游戏了。"一言不合就卸游戏，是游戏渣谢行一的日常。他问程淮，"游戏技巧呢？"

程淮正准备回答，却又打了一个喷嚏。谢行一从手里的PSV上移开视线，调侃说："打一个喷嚏是有人想你，打两个嘛，那一定是有人在骂你。"他摸着下巴，在心里推测，到底是谁最有可能在骂程淮？

是最近风头强盛，据说可以和程淮抢资源，实际上只是对方自己放出话的L姓小鲜肉？还是之前想和程淮捆绑来增加人气，但是被他一口拒绝的女明星？或者，是千里迢迢跑到拍摄片场，用"制作人说不请到您，他就要开除我"为理由，请程淮去参加真人秀，结果还是被打发回去的小统筹？

程淮回头正准备让谢行一别神神道道地迷信那些旧说法，突然鼻头发痒，连忙用纸巾捂住口鼻，又连续打了好几个喷嚏。

掰着指头数程淮会打几个喷嚏的谢行一瞬间收起玩笑的心态，马上露出严肃脸："你这是感冒了呀。"

连续一个多月没有休息好，本就让程淮的免疫力有所下降。再加上这两天他一直在海边拍一个保护海洋环境的公益广告，因为脚本的设定，他从头到尾都在水里面和海豚、大白鲸这些动物待着。等所有的画面全部拍摄完毕之后，他整个人都泡得有点浮肿。

谢行一回头让助理去问空姐拿了两条毛毯，又找来了一点感冒药。

本来这种感冒，程淮根本就不放在眼里，无奈他的身边有个知道他感冒就紧张得咋咋呼呼、恨不得换自己生病的经纪人。他也只能随谢行一的意，吃了两颗感冒药。

只是，这次的感冒药连外面那层糖衣都是苦的，像是过期药品。

顾弥声在把程妈妈送上高铁之后，接到苏晓的召唤，又去了一趟工作室。

因为前两天工作室的夏装上新，这几日店铺的订单猛增，本来这是个普天同庆的事情，可偏偏店里的打印机坏掉了。于是苏晓这才让顾弥声过来，充当一天"人肉填单机"。

当然，为了让顾弥声乖乖地来工作室，苏晓并没有在电话里爽快地告诉她，这个悲惨的命运。

自从她们的淘宝店业务扩大之后，苏晓多招了两个客服小妹，一个负责售前，一个负责售后。苏晓和顾弥声也会在空闲时候，登录阿里旺旺充当一下客服。

顾弥声到的时候，两名客服坐在电脑前，手指飞快地在键盘上打字。听到顾弥声进来的声音，她们将目光从电脑屏幕上移开，各喜地给了顾弥声一个眼神之后，立马重新投入和买家之间的交流。

因为打印机坏了，所以她们需要和每个买家说明，发货时间可能会延迟到明天。

她们就怕买家看到不是当天发货，一个不高兴，就任性地给了差评。

淘宝卖家心里苦。

苏晓正戴着口罩在仓库里配货打包，鼻炎患者最禁不住这种尘屑满屋飞的状况。

看到顾弥声之后，苏晓立马跨过地上被胡乱扔着的服装盒子，把她揽到一台开着淘宝后台交易量的电脑面前。

"你看，我们这两天的订单，特别多！今年的分红一定会涨的！"

"好事啊！"顾弥声咧开嘴，没有注意到苏晓狼外婆的表情，"那我可以放心大胆地去买前两天看中的手表了。"

因为是国际大牌，所以那块手表的价格有点贵，之前顾弥声迟迟不敢下手。

"对，为了你的手表。"

语落，顾弥声的眼前，多了一沓厚厚的快递单和一打油性笔。

"打印机坏了，你努力填快递单吧！"苏晓怜爱地抚摸着顾弥声已经呆滞的脸，"填完之后，你就更有动力去买手表了，就当是犒劳你今天的辛苦劳动。"

有那么一瞬间，顾弥声在考虑从淘宝店撤资的可操作性。

日暮西山，房间里回荡着两个客服一直不间歇的敲键盘声。在一堆快递单中，顾弥声趴在桌面上，右手一直重复松开握紧的动作来缓解酸疼。而一直弯腰配货、打包快递的苏晓，也没有好到哪里去。

"你回家的时候，把我的懒猫也带走。"苏晓用脚轻轻踢了一下顾弥声。

苏晓养了一只蓝眼睛、全身雪白的狮子猫，名字很有个性，就叫作"懒猫"。虽然顾弥声更喜欢狗，但是因为懒猫叱咤喵界的颜值，她也喜欢在苏晓不方便的时候，把它带回家来养。

"我后天去日本，明天没时间把懒猫给你送过去。"

苏晓除了和顾弥声一起合伙开淘宝店之外，还是一个微商。

说起来，苏晓也是一个奇葩。

曾经因为照顾朋友的生意，她把出现在自己朋友圈里面的所有三无产品都买了一遍，后来果断自己下海当了一个微商。只是她坚持每个月去一趟日本或者韩国，帮人采购东西。

当顾弥声提溜着懒猫的外出包，踩着夕阳的余晖回到自家小区的时候，她看到程淮正等在楼下。他双手插兜，靠在黑色保时捷上，天光被一层层树叶切割成粼粼碎金洒在他的脸上。

说真的，程淮这张脸绝对对得起他微博五千多万的粉丝。

程淮从机场回到家差不多是晚饭时间，看到了桌子上妈妈留的几道菜——糖醋排骨、东坡肉、番茄炒蛋、桂花糯米藕。

他虽然依旧疲惫，不过脸上的线条柔和了下来。今天身体状态有点不适合油腻食品，但也不能辜负自己妈妈的一片心意，可还没来得及感慨一声"世上只有妈妈好"，程淮就看到旁边留着的字条。

大概的意思是，这几道菜是做给顾弥声吃的。

对于母亲大人更喜欢女儿这件事，程淮又再一次有了清楚的认知。看向窗外的天色，他把几个菜装进了食盒，给顾弥声送去。

"吃晚饭了吗？"程淮一直看着顾弥声走进树荫，琥珀色的瞳仁里倒映着她的身影。是的，程淮的眼睛是琥珀色的，带点绿，在阳光底下会更好看。

这是她从幼儿园时期就注意到的事情。

顾弥声早熟得超出旁人的想象。

小时候，她家附近修建了一座小公园，里面有一片樱花林，樱花树下搭了几架秋千。某天，顾弥声跟着程淮和其他小伙伴去小公园里面玩捉迷藏。因为平时妈妈的教导，程淮在准备躲起来的时候，是带着顾弥声一起跑的。

他拉着顾弥声躲进了樱花林，两个人藏在一棵樱花树下。

微风轻起，绯红的花瓣从空中洋洋洒洒地飘落下来，因为刚才的一阵疾跑，顾弥声还喘着粗气，旁边的程淮却依旧气定神闲。

他正专心地注意着外面的情况，清澈见底的眼睛忽闪忽闪，像是可以吸收天空中投射下来的光线。

看到来找他们的小伙伴经过这片树林去别的地方搜寻时，程准得意地眯起眼笑了。他眼睛里透出细细碎碎的光芒，像是藏着亮晶晶的宝石。

在一阵樱花雨中，顾弥声恍惚觉得，程准美好得像是她睡前故事里的那些王子。

后来呢，顾弥声莫名其妙地爱上了樱花。

就像是紫霞仙子以为的，她的意中人是踩着七彩祥云来的。而顾弥声从那时候就认定，在樱花雨里，她看到了小王子。

所以，当别的小朋友还在为今天能多吃一个小蛋糕而开心的时候，她就因垂涎程准的美貌，开始跟在他身后，谄媚地哥哥长哥哥短了。

甚至为了能理所当然地当一个小跟班，别的小女孩在玩洋娃娃时，她就开始跟着程准和别人研究玩具枪、飞机模型和各种四驱赛车了。

因为一路拎着猫从公交车站回来，顾弥声的气息有点急促，连带着双颊也染上些淡粉色。她把外出包放在地上，揉着刚才拎包的胳膊，也没有正面回答他，只说："听语气，你要请我吃饭？等在外面不怕被人看到吗？"

"可我现在都还没被发现。"顾弥声住的这栋楼在小区最里边，没太多人来往。

　　他的声音有点低，是粉丝嘴里的低音炮，不过现在却因为全身发虚，没有力气提高音量。程淮觉得自己有点不对劲，头有点昏昏沉沉，四肢也有点酸涩。

　　他忽略了身体的不适，转身从车里拿出食盒，下巴冲着楼层的方向微微扬起："进去吧，我妈留了菜。"然后，弯腰帮忙提包，率先进了楼。

　　他那理所当然的语气、反客为主的做派，让顾弥声傻愣愣地留在原地瞪着他的背影。

/Chapter 05/
听上去有理有据，是件耽误不得
的大事。

这不科学！

顾弥声暂时有点不能处理眼前的状况，显然，程淮也不能。

程淮在上楼的过程中，发现自己越来越不舒服，脚步不由得加快。进门之后，只觉一番天旋地转，等眼前的视线重新清楚之后，他发现，世界变得不一样了。

程淮平视地环顾四周，看到的却是椅子腿、桌子腿，左边是掉在地上的外出包里面的懒猫，以及顾弥声因为震惊而不自觉颤抖的小腿。

惊讶之余，他审视着自己的身体，发觉，他变成小人儿了！

另外，虽然不好意思说出口，但凉飕飕的身体感触，表明他现在是赤裸的状态。

顾弥声被眼前这出突如其来的大变活人的戏码，给吓到了。

只是一个转身关上门的工夫而已，程准就缩水成迷你小人儿的模样。被眼前这一幕惊呆的顾弥声，出于吃货的本能反应，还下意识地去接住了因为程准变小而即将掉落在地上的食盒。

她傻愣愣地看着赤裸的小程准伫立在衣服堆里，一时之间信息量有点大，她回不过神来，呆滞地说："我以前也没觉得你有变魔术的天赋啊。"

从小接受的正统教育，让她第一时间认为，这是在变魔术。

然而，过了几秒之后，她的大脑终于接受了眼前看到的事实。

如果在今天之前，顾弥声觉得自己应该会很高兴，因为她在程准的脸上看到了失魂落魄的表情。可眼前的情形，让她稍微有那么一点点担心他，到底这个让人措手不及的变化是不是不可逆的？

那么，现在该怎么办？

大城市的人一向是紧张高效的生活节奏，大街上车水马龙，尘嚣如昨。

虽然已经过了下班时间，但高耸入云的商业大厦里面，依旧有很多人加班加点地埋首在电脑桌前。

位于繁华路口的 CBD 里，谢行一坐在宽阔敞亮的经纪人办公室里，身后无数的璀璨灯河，铺就交织错落的光带，与深蓝夜幕中的星光交相呼应，炫目夺人。

工作邮箱里是经过助理筛选过的剧本、商业活动邀约、真人秀策划方案，以及各种宴会请帖。就算是这样，也还有近百封的邮件等待他去重新挑选一轮，然后拿去让程淮选择。

　　自从程淮红了之后，片约和广告合作蜂拥而至，谢行一这个经纪人也跟着水涨船高。最直接的反映就是，谢行一的办公室从外面的大厅，搬到了现在这个属于他个人的办公室。然而，程淮的档期排不开，以至于不得已拒绝一些活动的痛也如影随形。

　　从右手边传来的电话铃声打断了谢行一的思路，他烦躁地拿起电话，准备骂一顿这个时候不知死活来打扰他的人。不过看到手机屏幕上"My 淮"的字眼，他随即又喜笑颜开。

　　"喂，淮哥你今天不是不舒服吗？怎么还不休息？"程淮之前义正词严地拒绝谢行一给他取的肉麻称呼，于是谢行一只能跟着广大淮粉叫他"淮哥"。

　　这么一称呼，让他觉得自己年轻了好多岁。三十出头的谢行一心里这样想着，内心也有点小雀跃。

　　"是很不舒服。"电话那头的程淮声音听上去还有点低落。

　　谢行一正打算关心一下程淮，问问要不要带一位家庭医生过去或者帮忙买点药时，却听到了程淮说的一句话，这让他觉得他自己也开始不舒服了。

　　电话那端的程淮说："所以，这段时间，我不接工作了。"

"什么？"谢行一难以置信地看了一眼手机，然后重新把它放回耳边，"你等我去给你叫个医生来。"让医生好好看看你是不是脑子被烧坏了。

　　"不用医生。"程准停顿了一会儿，让谢行一都觉得他是在找什么借口来搪塞，"我不是要升研究生吗？现在都 5 月份了，我的毕业论文还没写完，导师一直在催我交终稿。"

　　听上去有理有据，是件耽误不得的大事。

　　程准虽然是名演员，但也是 Z 大物理系的应届毕业生。偏偏程准在物理方面还天赋异禀，每次谢行一去 Z 大的物理实验室接程准出去跑行程，都会遭到程准的导师、物理系系主任的视线围剿。

　　如果这次耽误程准的毕业论文，导致程准不能直升成为那位系主任的研究生，估计他以后去找程准出来跑行程的时候，连 Z 大物理学院的大门都进不了。

　　想是这么想的，可眼前电脑屏幕上的邮件还是让他不死心地想再次争取一下："可是准哥，我现在还在艰难地抉择邮箱里一百多个合作项目……"

　　"……"电话里头已经是忙音。

　　我就知道 My 准是个不为金钱势力所屈服的人！

　　这大概是作为"程准邪教大护法"的谢行一，违心地为他任性的教主想出来的优点。

结束打给谢行一的电话，客厅里面的气氛再次回落，安静得仿佛空气中的尘埃都凝固住。被顾弥声放在程淮身边的手机刚好到了锁屏时间，手机屏幕慢慢熄灭。

程淮紧皱着眉，放任自己的身子平躺在沙发上，眼神没有焦距地望向天花板，再也没有意识到自己变小之后雷厉风行地安排好接下来所有事情的气魄。

还好这一切是发生在顾弥声这里，让他有机会给自己一个缓冲的时间。

与此同时，顾弥声在自己的卧室里翻箱倒柜，总算找出了去年给淘宝店拍照的时候，所用到的人形玩偶道具。真得感慨一下现在玩具界的仿真水平，才能让她顺利地从人形玩偶的身上扒拉下一套衣服。

"要不，你先穿上？"

她走出卧室，问话的对象此时腰间围着一块对折的手帕，虽然顾弥声觉得这完全没必要。程淮都这么袖珍了，视线所及，她要精准地一下子看到不该看的地方，还真的有点困难。

但是，程淮对她的话置若罔闻，双眼仍然没有波澜地望着虚空。整个人连呼吸都放缓了，像是没有生命的玩偶。

这个样子的程淮对顾弥声来说，陌生又熟悉。

时间走了那么远，可她还是对当年的事情记忆犹新。

高一那年的暑假，顾弥声家所处的沿海小镇刚刚经历过一场台风肆虐。台风过境之后的几天，程准的爸爸就开始发烧。起初，大家都以为是受凉后的小感冒，去医院挂了很多天点滴，依然毫无起色。然后去市里的三甲医院治疗，检查出来的结果让程家蒙上了一层阴影。

　　程爸爸被诊断为肺癌晚期，癌细胞已经扩散到全身。

　　作为程家"唯二"的男人之一，程准在这个突如其来的变故中扛起程家的重担，和医生确定治疗方案、照顾因为病痛折磨而经常情绪失控的父亲、宽解躲着哭红眼的母亲、变卖家里的房产，甚至是低声下气去向亲朋好友借钱。

　　可程爸爸还是在过完春节的第二天离世了。

　　那一天，顾弥声找到程准的时候，他正坐在樱花树下，粗壮的树干遮掩住他，竟然没有被其他出来找他的人发现。

　　少年的背部线条不像以往那样挺得笔直，琥珀色的双眸微微眯起，抬头看向天际，翻滚的云层仿佛是雨后空山中弥漫不散的薄雾。

　　"程准……"

　　顾弥声挨着他坐下来，笨拙得不知道说些什么，却又不想照着以前看的电视剧说出"节哀顺变"的话。这个词太不讲究人性，已经够难过了，为什么连悲伤都要克制？

　　在欲言又止了很多次之后，她索性闭紧嘴巴，握紧他的手，就这么沉默地陪着他伤心。

对，他在伤心。

"阿声，原来亲人离世是这样子的。"

他并没有转头，始终保持着僵硬的姿势，只有眼睛合上又睁开，似乎把汹涌的情绪隐藏在眼底。

没有经历过生离死别的顾弥声，不知道接下来程淮所说的每个字眼，都在他的心上凿下一个孔。

他说："我以后喊'爸'的时候，再也没有人能回应了。"

然后，他面无波澜，旁人再也察觉不到他的情绪。

就像，现在的程淮，不同的是，他没有当年隐忍的悲伤。

顾弥声把衣服放在他身边，坐在沙发上静静地陪着他发呆。过了一会儿，她默默起身，去书房翻出之前苏晓留在这里的东西。

有段时间，苏晓家水管破裂，淹了整个房子。苏晓带着懒猫借住在她家。所以，她的书房里还留有苏晓做衣服需要的家庭缝纫机、纸样和各种布料。

顾弥声要去手工做几件东西，也要腾出空间给程淮。

程淮的专业是物理系。

学物理的人相信"格物致知"，信奉科学创造世界，万物都有它的原理。如果出现了需要用"奇幻"两个字来解释的异象，那只是因为异象的原理还没有被解开。

可是，他现在所经历的异象，该用什么科学道理来解释？

以前也有过很多科幻电影，就算撇开科幻电影不提，《名侦探柯南》他还是看过的。正常人类变小这种事情，他曾在电视里看过，原因千奇百怪。然而那些只是电视，逻辑经不起推敲，只是作为闲暇时间的消遣。

这种匪夷所思的事情落在自己头上，他始终不能消化。

程淮仔细地回想今天自己做过的所有事情、经过的地方、吃过的东西或者是闻到什么异样的味道，却没有任何头绪。

为什么会变小？

还能恢复成正常大小的样子吗？

那，什么时候恢复？

如果这辈子都是这个样子了，该怎么办？

充斥在脑子里的问题，让程淮心里有些发虚。

这种不踏实的感觉，来自于他的生活正在脱离他的掌控。从变故陡生开始，他的未来就充满着各种不确定性，这也让程淮没有安全感。

被遗忘在客厅一角的懒猫，还被困在它的专属行李包里。

终于忍受不了这一方小天地的它，开始喵喵大叫。与此同时，书房里传来缝纫机的声音。声波打破客厅里原本凝重的氛围，像是从静止状态切换过来，空气里的介质开始流通，程淮终于在这种嘈杂声中慢慢恢复平静。

至少，他清楚，在不知道接下来该怎么做的时候，只能顺其自然。

他手脚并用地挪到沙发边沿，准备跳下沙发。

程淮双手往后撑在沙发上，努力让腿尽量往地面靠，然后果断放手，让自己落在沙发前垫着的这块羊毛地毯上。

他提了提稍微偏大的裤子，迈着步子往书房走去。

顾弥声手上拿着两条迷你内裤反复翻看，为其流畅的走线和细致的手工感到骄傲，看来她还是有能力往服装界发展一下的。

这么想着，她从口袋里摸出手机，对着刚出炉的成品全方位地拍了几张照片。

"你在做什么？"清冷如幽泉的声音从顾弥声的背后响起。

顾弥声闻声回头，看到一脸严肃的小程淮站在门口双手环胸。虽然时机有点不对，但顾弥声感觉自己体内有一股母性光辉正冉冉升起，直接表现为，她想去捏捏小程淮的脸。

既然没有待在客厅继续发呆，那么他现在已经整理好心情了？

想到这儿，她的心情显然更放松了一些。她用大拇指和食指捏起两条红色小内裤，还得意地晃了一下："喏，你看，我给你做的内裤。"嘴巴咧开，唇红齿白，在灯光下竟有些晃眼，"专门选的红色，攒福！"

像是没有注意到程准在得到答案之后露出的奇怪脸色，顾弥声仍然陶醉在自己的设计上："你放心！为了衬托你的'咖位'，我特地去网上查找了一下国际名牌的内裤设计图案。完全按照上面的款式剪裁，除了拿缝纫机缝起来之外，其他步骤都是纯手工的。"

用缝纫机将这么小的布料缝合，也是一件需要技巧的事情。

顾弥声蹲下来把两条内裤塞到程准的手里，然后才后知后觉地想到两人都还没有吃晚饭。回想起刚才被她救下的食盒，她全然不顾程准的反应，当即往厨房走去。

他恢复正常了，真好。

在顾弥声二十一年的人生里，他从来没有遇到这种窘迫的事情。哪怕是在曾经最困难的高二，他也没有这么束手无策。

程准黑着脸看了眼手里的内裤，确定顾弥声这次不是真心实意在整他，无奈地长叹出一口气来。

他不是没看到缝纫机四周还随意扔着的布块，也知道她刚才在这里忙活半天，于是认命地找了个地方，躲着换了一条穿上。

然而，心塞的事情还没有结束。

在程准轻而易举地被顾弥声拽着后衣领提溜起来，空降到餐桌上的时候，他再次被提醒——自己现在是一个生活尚且不能自理的迷你小人儿。

桌子上放着平时放凉菜的小碟子，里面已经七七八八堆好一些食物。

为了照顾程淮，顾弥声已经把大块的东西切成能让他一口吃下的大小。

程淮见状，抬眼瞄了一眼坐在对面、已经迫不及待开始吃饭的顾弥声。从前他自认为顾弥声是一直被人照顾的，从来也没有发现她有这么体贴的一面。

不过，这种暗含感激的情绪并没有持续多久，就被煞风景的顾弥声三两下说得毫无踪影。

程淮打量的目光太明显，让埋头苦吃的顾弥声也察觉到了。她停止啃排骨的动作，嘴巴油光锃亮："你是想说谢谢吗？不客气，请叫我红领巾。"

刚刚他肯定还没清醒，怎么会觉得顾弥声体贴。

程淮默默收回目光，安静地戳起一块炒鸡蛋，连同那句已经到嘴边了的"谢谢"也一起咽回去了。

"你是不是要一直住在我这里啊？"顾弥声又吞下一块糯米藕，对嚼得慢条斯理的程淮说，"我们就算不是亲兄妹，也要明算账。该交的钱一分也不能少，微信、支付宝转账都可以的。"

"钱没问题，你先把嘴里的残渣咽干净。"

就算人缩水了，他的毒舌功力还是没有下降。

"而且，这套房子，归根到底还是我的。"

最后一丝还健在的理智告诉顾弥声，现在不是把程淮丢出家门的时候。为了发泄心中的郁闷之情，她用筷子恶狠狠地戳着碗里的东坡肉，戳两下还不忘看几眼桌子上的程淮。

　　哼，等着饭后教你怎么卖乖！

/Chapter 06/

如果我夸你会让你收获智商上面
的愉悦，我可以违心地表扬一下。

吃完饭，顾弥声收拾碗筷之后，仿佛忘记了程淮还端坐在饭桌上。她神秘兮兮地跑进卧室里，一分钟不到的时间，又趿着拖鞋跑出来，提起程淮的后衣领，让他正对上自己的视线。

"程淮。"她叫了一声之后，又"咯咯咯"地笑出声。这样奸诈的表情，明眼人都知道，她有多不怀好意。

程淮懒洋洋地回了一句"干吗"。

"我跟你说，你这种情况，在小说里特别常见！"顾弥声在"特别常见"四个字上面加了重音，"什么系统文、穿越文、重生文多的是，所以你这个根本不算什么，而且有些小说里还有人变成猫啊、狗啊之类的。"

小说哪能拿来跟现实发生的事情比较，顾弥声显然知道自己的话漏洞百出，于是，火速跳过这段，立马说结果："你看，我也是见过世面的。"尽管是在小说里见过的不合逻辑的世面，"所以，我来帮你寻找一下怎么变回原样的方法。说不定，我们真的瞎猫碰到死耗子了呢！"

后衣领还被她拎在手上，程淮完全不能阻止事态继续肆意发展，只好认命地说："说得这么有道理，那就拜托瞎猫了。"

呵呵，这样子还能嘲讽她，也是实力嘴炮。

顾弥声决定大人不记小人过，把这个仇留到以后一起了结。她继续提着程淮，往卧室的方向走去。

"阿声，你早已满十八岁了。再说，我虽然现在变小了，但好歹也是一条人命。"

程淮看着眼前一浴缸的热水，觉得还是有必要先提醒一下顾弥声，她已经是完全刑事责任人，犯个罪什么的，也不能受到《未成年人保护法》的保护了。

"我只是单纯地想帮你找到变回来的办法而已！"顾弥声摆正态度，一秒钟变严肃脸，她根本没察觉到自己眼中迸发出的熠熠光彩。

她得意地说道："你现在就像是衣服缩水变小了，虽然你缩水的程度比较严重。现在呢，我们先在热水里泡一下，看看能不能给你泡开。"

"你说你要泡我？"

"对啊，我这就把……"听到程淮冷不丁的问话，顾弥声没想太多就往下接，说到一半才觉得刚才他的话有点不太对劲，将准备脱口而出的"你泡在水里"的话咽回肚子里。

"既然你想的话，我就随意给你泡吧。"程淮精致的眉眼染着戏谑的笑意。

顾弥声终于反应过来他话里调侃的意思，瞪着眼睛直接把他扔进了浴缸。

在浴缸里待了半个小时，泡得整个人发红也没见长大半点的程淮还没有缓过来就被顾弥声放在了取暖器前。

"现在是验证热胀冷缩的原理？"程淮闭着眼，任由顾弥声用食指帮他抹保湿霜。毕竟程淮也是靠脸吃饭的，要是让取暖器烫坏脸，谢行一会追杀她到天涯海角的。

程淮不知道是不是因为自己变小的原因，导致脸上皮肤的神经末梢都挤在一起，所以才会对她指腹轻柔抚过脸上的动作那么敏感。

似乎真的有点被烫坏了。

"我说对了的话，你是不是会夸我物理学得不错？"顾弥声的理科成绩始终是她心中的伤痛，如果被物理学霸程淮夸奖一句，心情一定会 up 起来！

"如果我夸你会让你心情愉悦，我可以违心地夸一下。"

"哦，我谢谢你了。"

因为顾弥声不客气的一个白眼，程淮又笑得露出了白牙。熟悉程淮的人都知道，程淮的笑点很低，而且笑点怪异，一件很小的事情就能让他笑上半天。

他听话地任由顾弥声摆布，翻来覆去地烤火。

取暖器散发出来的橘色光芒倒映在程淮的眼珠里，这双颠倒众生的眸子，仿佛也带上了灼热的力量，让顾弥声的脸也变得红通通的。

虽然她坚持认为，脸上的热度是因为取暖器烤的。

啧啧，连眼睛都这么会撩人，一看就知道是一个不正经的偶像。

就这样烘烤了半个小时，被烤得头晕眼花的程淮要求顾弥声把他放在沙发上，让他一个人先静一静。

再被她这样折腾下去的话，他大概就不用去纠结自己到底能不能变大的问题了，而是要先想想自己英年早逝的话该怎么办了。

苏晓家的懒猫自从进了顾弥声的家门之后，就一直被忽略。

喵星人大概是被惯坏了，所以一时之间不太适应自己不是主角的地位。它走到沙发边上，前腿往前伸直，后腿蓄力，就这么轻巧地跳上了沙发。它的前爪刚好压在了趴在沙发上思考人生的程淮身上，还好柔软的沙发给了他缓冲的余地。

虎落平阳被犬欺，是程影帝现在真实的写照。

懒猫低下头，也许是对这个不同于其他人类的小人儿感到好奇，它抬起肉垫，准备在他身上再蹭几下，但动作进行到一半就终止了——喵星人敏锐的直觉让它感到一阵杀气。

夜风从窗户的缝隙中悠悠吹进，晃得窗纱轻扬，室外不知名的馨甜花香盈满房间。

和这一室的宁静平和不同，程淮和懒猫之间充斥着剑拔弩张的硝烟味。

他左手挡住懒猫的前爪，神色冷峻，眼神凶狠，让懒猫有些迟疑。似乎意识到面前的人并不好惹，它乖觉地扭头跳下沙发，隐藏到客厅一角。

程淮用手遮住自己的眼睛，嘴角上扬，慢慢笑出了声。

毕生的演技大概都被他用来制止懒猫的逾矩了。他下部戏一定要接那种会斗狠的角色。

谜之笑点的程淮，被自己内心的这句玩笑话给逗乐了。

因为懒猫的举动打断了他原本的思绪，他也不再思考自己未来的人生了。

程淮挪到 iPhone 旁，对现在的他而言，原本能够轻松握在手里的手机，此时已然是个巨无霸。

程淮眉目微动，突然站起身向前翻了一个跟斗，右手掌按在 HOME 键上，等他翻转完毕，屏幕刚好亮起来。他站在手机虚拟键盘的边上，用手掌按下开机密码，打开淘宝 APP，艰难地在九宫格键盘中打出了"猫薄荷"。

呼，累死人。

晚上八点。

通往学校附近商业街的路上，没有半点人影。夜凉如洗，月色朦胧，连带着把水泥路面也照得一地皎洁，初夏的知了声已经开始喧嚣。

夜风还是有点寒意，顾弥声裹紧自己的薄外套，不由得加快了脚步。

"为什么我非得现在出来给你买衣服？"

"大概是你心血来潮。"

程淮跷着二郎腿，躺在顾弥声右肩背着的没有拉上的水桶包里。从水桶包没有闭合的缝隙里，他看到夜幕中的点点繁星，忽明忽暗，很是美丽。

程淮想起小时候的仲夏夜晚，他和顾弥声会拿出家里面的躺椅放在大门口，两个人并排躺着指认天上的星座。除了北斗七星，他并不认识别的星系，可顾弥声却总会把他当成是什么都会的百科全书，问他那是什么星星？为什么星星会在天上？星星离我们有多远？

……

"阿声，你抬头。"

"抬头？"顾弥声闻言仰起头，四目张望却没看到什么东西，"让我抬头干吗？"

"看星星啊。"

顾弥声这才把目光投向深蓝色的夜幕，发出一声赞叹："哇呜，好漂亮……"

长大之后，他们都忘记自己有多久没有抬头看天空了。

"看到那颗最亮的星星没，那是北极星，周围的几颗星星连起来就是大熊星座。"小时候因为顾弥声问得太多，程淮便去仔细研究了星系图，高中还参加了学校的天文社团，就算过去这么多年，他也没有忘记，"往它相反的位置看过去，就是小熊星座。"

顾弥声顺着程淮说的方向，辨认着他口中的一个个星座。突然想到什么，她往自己水桶包的方向看去："高中的时候，南孟妙就是这么被你追到的吧？"

语气中有点别样的情绪，连她自己都没发现。

学校在高二的时候分文理班，顾弥声因为理科太差，选了文科。而就读理科班的程淮被分到了学校双子楼的另一栋，恰好是顾弥声对面的班级。

程淮在学校里是风云人物，而文科班是八卦最多的地方，所以顾弥声经常能够听到关于他的各种更新换代的消息。在这么多消息中，南孟妙这个名字出现的频率尤其高。比如，理科1班的班花南孟妙好像对程淮有意思，为了他加入了天文社；社团组织看狮子座流星雨的时候，程淮和南孟妙分到了一组；南孟妙的追求者要去找程淮单挑，大家都以为是真人PK，然而程淮提议去游戏厅玩"篮球争霸"，最后和人家结为好兄弟。

当顾弥声听到最后一则消息的时候，对面教学楼里座位靠着走廊的程淮，正戴着耳机低头写作业，侧脸好看得像是从画里走出来的一样。怪不得顾弥声班上的女生最喜欢的位置就是靠窗这边，下课后，她们都会不约而同地瞥向这边。顾弥声嘟着嘴，眼神锐利，心底赌咒发誓，这次他要是考不好，她一定回去跟程阿姨打小报告，说出他早恋的事情。

也许是因为两个人从小到大都形影不离，以至于顾弥声已经习惯把程淮划到自己的世界里。当别人提醒、告诉她，其实程淮不属于她顾弥声的时候，她心里才会隐隐约约有些难过，甚至对无辜的南孟妙也产生敌意。

其实，都是占有欲作祟，不是因为程淮的原因，顾弥声心想。

"有吗？我忘了。"

包里面太黑，看不清程淮的表情，也不知道他这句话到底是真是假。好吧，就算能看到程淮说这话的神情，顾弥声也不会相信，毕竟他是影帝啊。

Z 大附近的商业街此时正是热闹的时候，街道两边摆满了夜市摊子，各种小吃的味道掺杂在空气里，四周是此起彼伏的叫卖声。

街道中心的广场上有一家规模较大的商场，里面是可以淘各种商品的特色小店。顾弥声记得其中有好多家是专门卖手工玩偶的。一套玩偶可以配上好几套衣服，想必也应该有小程准可以穿的。

他们走马观花地逛完了两层，终于在商场第三层找到了玩偶区。

"做得真精致。"顾弥声拿下挂在壁橱里面的一件手工玩偶服，放在手里摸了几下，衣服的质感绵软，针脚处也不会扎手。凭良心说，她刚才引以为傲的小内裤根本就拿不出手。

她把衣服收到购物篮里，继续在服务员亦步亦趋的跟随下，挑选别的衣服。

等和人拉开点距离后，顾弥声把头靠近自己的右肩，压低声音小声地问："你介不介意穿一点颜色鲜艳的衣服？"

"随便。"

"背带裤也 OK 吗？"

"我现在穿着的难道不叫背带裤？"

顾弥声翻了一个白眼，最后耐着性子说："等下结完账，我把小票扔给你，以后你得给我报销。"

不等程准回答，顾弥声单方面地结束对话，随意挑了几套衣服，转身招手示意服务员来这里结账，却发现站在她身后不远处的店员，带着异样的眼光看着自己。

她有哪里不对吗？还是刚才的对话被听到了？

服务员没想到顾弥声会这么突然地回头，脸上的表情没有迅速地收回来。她干笑了几声，连忙上前，似乎没有把顾弥声自言自语的毛病放在心上，只不过，还是和顾弥声保持了一段安全距离。

"这位同学，就是这几套是吗？"

顾弥声错愕地点头，已经明显感觉到自己被人嫌弃了。

服务员看顾弥声一脸郑重，生怕她犯什么突发性疾病，又防备地后退了一步，再次拉开了彼此的距离。

"一共消费 380 元整。我们店现在做活动，消费满 200 就可以送一顶玩偶的小帽子。"

"小姐，我刚才是戴着耳机和别人打电话。"顾弥声撩起头发，给她看了一眼藏在发间的耳机线，"我脑子没问题。"

刚才是她自己做贼心虚，全然忘记了自己已经按照程淮的吩咐，戴上耳机掩饰的这件事情。

服务员干笑了几声，递上打包好的袋子。

"让你戴上耳机，你还能被人当成神经病，我也是佩服。"出了门，程淮在水桶包里咧嘴露出能去打牙膏广告的一口白牙，语气里满满都是笑意。

看不见顾弥声的表情，不过想想也知道，她现在大概像是只被踩中了尾巴、瞬间炸毛的小猫咪。

而回应程淮这句话的是，顾弥声往包里扔进去的一张小票、一顶帽子和三套衣服。回家一定要去网上多透露一些程淮的黑历史，就算没有也要编一点，她发誓！

　　这个晚上，发生了好多意料之外的事情。

　　谢行一也被意料之外程淮打来的电话弄得再也没有半点想加班的意思。他忍痛看了几眼电脑屏幕上显示的邮件，将鼠标移到页面的右上角，又停顿了几秒才狠心地关掉。

　　思考了许久，谢行一突然停下了因为自己左右使力而来回转悠的椅子，抓起桌边的车钥匙和手机，准备亲自去程淮家里，当面问清楚。

　　关灯，锁门，桌上的电脑屏幕还没有完全熄灭，椅子也留在昏暗房间里打转，谢行一豪气冲天地直奔程淮家，准备用自己的三寸不烂之舌，让程淮打消刚才的念头。

　　但是，他没有想到，在程淮家门口吃了闭门羹。

　　从外面看进去，整幢别墅都没有透出一丝光亮。他打程淮的电话，也没人接听。这种状况从来没遇见过，至少，他相信，程淮不会躲他这个一颗红心向太阳的经纪人。

　　哦，程淮就是那个太阳。

　　无奈之下，谢行一又拨了一个号码。

顾弥声接到谢行一的电话，有点惊讶。随即，她又猜到他为什么会打自己电话。这个突然变得烫手的电话她真心不想接，然而一直响个不停的铃声还在催促着。

"喂，一哥。"

"阿声，程淮在你那里吗？"连平时插科打诨叫的"My淮"称呼，都被他放弃了。

顾弥声心虚地看了一眼此刻正端坐在沙发中间的程淮，一想到要是万一被谢行一发现程淮变小可能出现的情形，她连忙把目光投向另一边。

她听到自己努力用一种理直气壮的口吻说："程淮？没有啊，他不是去拍戏了吗？我好多天都没看到他了。"

"啊？那他还能跑哪里去？家里也不见他人，电话也不接。"

"说不定是躲起来不想见人呢。"顾弥声斜了小人儿一眼，觉得自己的演技渐入佳境，"一哥，你别着急，程淮不是那种没分寸的人。"

"好吧，好吧，我先回去。明天再打电话给他看看。"

"呼……"顾弥声松了一口气，再聊下去，她肯定得露馅。

"做得不错。"在旁边看她自由发挥的程淮笑嘻嘻地说，"下次再接再厉。"

这种事情被表扬，她一点都不开心。

/Chapter 07/

不知道为什么，一想到这个，他
就满怀欣喜。

雾蒙蒙的早晨，小区里万籁俱寂。

被遮光窗帘严密盖住的窗户里透不出一丝光亮，缩在被子里的
顾弥声紧锁眉头，有些睡不安稳。在梦里，她梦见程淮露出阴险
的笑容，一边锲而不舍地扇她耳光，一边说："听说你在网上丑
化我的形象？阿声，你不乖啊！"吓得她立马从梦里惊醒。

但是，脸上被轻轻拍打的触觉，依然真实存在。

顾弥声还没有完全从梦境中抽离，脑子也混沌一片，右手握紧
拳头，用指甲掐了掐自己的手掌心，希望通过痛觉来分辨这到底
是梦境，还是现实。

"阿声，阿声，阿声……"程淮的声音轻轻浅浅地传入耳朵，
紧接着，她的右脸又被拍了几下，力道比之前要稍微重一些，"醒

了没？快起来。"

虽然不是像梦里那样抽自己耳光，但也是在打自己的脸。顾弥声摸黑把面前这个小人儿拎起来，伸长胳膊把他放在远处。

哦，对了，昨天程淮变小了。

昨天晚上，他列举了各种理由强烈要求在卧室睡觉。比如，这套房子的所有权归根到底是他的，他有权决定自己睡哪里；他睡在客厅没有安全感，说不定第二天醒来就发现他被懒猫给吃掉了；以前又不是没睡在一张床上，以及两人是青梅竹马，人品有保证；最重要的是，他现在只是这么小的小人儿，能做出什么伤天害理的事情……

程淮说得理直气壮、有理有据；顾弥声勉强接受了最后一个理由。

"这个点不睡觉，你作什么妖呢？"顾弥声顺手往床头一探，把台灯打开。光线的变化让她不适应地揉了揉眼睛，因为刚刚睡醒，鼻音浓重，声音里带着点沙哑，听上去意外有些性感，"明天要是再这么吵醒我，就别想进卧室睡觉了。"

虽说应该是强硬的态度，但是因为声音有点奶声奶气，听起来像是在对人撒娇，连威胁都弱了几分。

"我要去厕所。"陈述语气，程淮没有一丝一毫的不好意思。

顾弥声一下子没有反应过来："你去啊，叫我干吗？"

难道她看起来那么有母性光辉，泛滥到都要帮人去上厕所了？

"就我现在这副样子？"程淮突然提高声音，"你是不是没睡醒？我就算能爬下这张床，那厕所的马桶我怎么爬上去？"

她又不需要面对这个现实的问题，还真的没考虑到这一点。

知道自己刚才说了蠢话，顾弥声也不再多说什么，用手臂支着床，撑起上身，打了个哈欠，动作缓慢地把程淮提起来，又下了床："我还真变成你的全职保姆了。"

"不会，我不太想一大清早就对着眼角还有眼屎的全职保姆。"

呵呵，为什么这个世界上只有自己才能完全清楚程淮到底有多遭人厌呢？

有种"举世皆醉我独醒"的悲凉感的顾弥声，默默记下了这段对话。

总有一天，她会在网上用程淮家保姆的身份爆料，他对自家的家政人员进行过人身攻击。

每个人都有自己的小怪癖，比如顾弥声一直把卧室的洗手间当成很隐私的地方，以至于心理上有点排斥别人用卧室的厕所。

然而直到她顺手把程淮带进厕所里的时候，才发现自己的那点矫情对程淮不管用，顾弥声神色异样地盯着程淮。

到底是她心理上承认程淮是这间房子的主人，所以才没有排斥他，还是因为他变成了迷你人的大小，而恰好她的怪癖是针对正常人，所以她才没有反对程淮用卧室的厕所？

　　"你难道是想让我再重温一下小时候尿床的经历？"程淮的玩笑打断了顾弥声的纠结，"你再不把我放下来，我大概真的会尿裤子给你看。"

　　"程影帝原来是会尿裤子的 style 啊，真应该把这件事情和你的粉丝分享下。"顾弥声也对自己的走神有点不好意思，然而多年养成的"不能在程淮面前示弱"的习惯，还是让她不自觉地呛声，不过手上放下程淮的动作也不慢。

　　"可是应该也没什么用。"她把程淮安顿在抽水马桶的挡板上，接着说，"你家粉丝被你洗脑严重，就算你真的尿裤子，他们也会说你好萌好可爱。"察觉到程淮投过来的目光，顾弥声无所谓地耸耸肩，"粉丝就这样子，不是吗？"

　　我这么多年辛苦地在网上抹黑你的形象，然而对你死心塌地的粉丝却越来越多。每次看到我在网上说的那些黑料，他们不仅不会讨厌你，反而会自豪地把这些在我看来是黑历史的记录收集起来，随手转发给"我的偶像是逗 B"这些微博，一副与有荣焉的样子，并且还准备发扬光大。

　　这样想了一通，顾弥声觉得自己还是没有看透这个多变的世界。

　　程淮因为她说的话又笑得厉害，连平时在镜头前面隐藏着的酒窝也显现出来。要不是顾及自己现在站在抽水马桶的边沿，他可能笑得连腰都直不起来。

"看来你也很关注网络上我的动态呀，阿声。"不知道为什么，一想到这个，他就满怀欣喜。

"你难道不知道我们全南虞镇都特别关注你吗？"顾弥声转身就走，退回到厕所门口。她并没有否认，只是把全家乡人民都拖进这个话题。

程淮入行，是在一部五十四集的家庭伦理剧里面，演女主正在上高中的外甥。从戏份上来看，他是个能出现十来集的小配角，一集的镜头撑死不到五分钟。

可那时候，南虞镇每家每户的电视机里头全都不约而同地放着这部电视剧，就为了看一眼在电视里出现的程淮，连她爹那段时间看的固定节目《亮剑》都被扔到了一边。

让一个她以为这辈子只会看抗日剧的中年男人破天荒地看起了家庭狗血伦理剧，这种事情也只有程淮能做到。

说起来，他那时候的演技也还有些生涩，就像是最初面对媒体的镜头，记者问他为什么会进娱乐圈，他直白地回答说"剧组给我的钱比我去打工要多得多"一样。

顾弥声想，她应该去网上找出程淮最早接受媒体采访的视频来，弄个剪辑版，然后让程影帝回忆一下当初他这个娱乐圈新手是怎么应对媒体的。

这个想法听上去不错，可以列入日程中。

"阿声。"

程淮低沉的嗓音在厕所里响起。

顾弥声因为刚刚想到又一个抹黑程淮的点子而感到高兴，脚步轻盈地推开门，帮忙按下了抽水马桶的按钮之后，又把程淮小心地转移到洗手池里面，打开一点点水龙头，放出水让他洗手。

轰隆的抽水声响起，顾弥声隐约听到程淮小声说了一句什么话，于是等走出了厕所才开口问："你刚才有说什么话吗？"

"没有。"

"那是我幻听了？"

程淮把头别到其他地方，把刚才那句差点脱口而出"你有没有觉得现在你很像一位妻子在照顾她生活不能自理的丈夫"的话，又隐于唇齿之间。

真是魔怔了，是什么样的错觉让他能心甘情愿地把自己说成是生活不能自理。

"喂，阿声。"

"又怎么了？"

"我们出去跑步吧。"

是她起得太早，所以接二连三地幻听了吗？

可是程准并没有放弃，又口齿清晰地说了一声："我们出去跑步吧。"

　　顾弥声严肃地把程准放在床沿，自己也跟着坐在床上。这个姿势让程准感觉顾弥声像是巨人一样，他需要退后几步，仰头才能与她对视。

　　这样子不错，可以给他一点压迫感。顾弥声在心里满意地点点头，问他："你是认真的？你说要去外面跑步？"

　　"我每天都有晨跑的习惯，总不能因为身体变小就改变吧？"

　　"一天不跑又没事。"

　　"当物体运动时，它的一切从参考系的角度来看都会变慢，这就是时间膨胀。所以我每天都会跑步，因为这样子可以长寿。"程准保持微笑，嘴里背出一个物理定律，看到眼前人一头雾水的样子，脸上的笑容越来越明显。

　　"所以？"

　　"要跑步。"

　　那也不用出去跑步啊！顾弥声心想，以程准现在的小身板来说，跑完这间屋子就相当于以前每天早上的晨跑运动量了吧？只是这么说出来，又好像有点打击人。

　　她站起身，走到窗户前，一把拉开遮光窗帘。现在天正蒙蒙亮，整个小区都笼罩在雾气之中，看起来白茫茫一片，隐隐有些建筑物的轮廓，只是看不真切。

冷清的小区，像是还沉睡在梦境里。

为了不让程淮感觉太多因为变小而带来的差异，可能也怕他列出更多物理定律，顾弥声还是决定带他一起去跑步。

所谓的一起跑步，其实只是程淮在跑，顾弥声在慢慢散步而已。顾弥声还迅速地为自己找了一个光明正大偷懒的理由——两人现在迈开的步子距离相差太大。

小区里的园林工人特别敬业，这个点早就把附近的一片灌木重新修剪了一遍，所以早上的空气里还弥漫着绿植散发的叶绿素的味道。说实话，有点刺鼻不好闻，顾弥声孩子气地皱了皱鼻子。

程淮却像是没有闻到一样，专心地埋头跑着。

他一直很注重身体锻炼，除非是拍夜戏或者在实验室里赶实验，否则从来都是早睡早起，每天会固定地晨跑四十分钟，有空的时候还会去健身房练一会儿。生活作息规律健康得不像是当下的年轻人，于是网友们也慢慢把他划入娱乐圈中"老干部"那一列。

现在这年头，"老干部"的称呼就已经算是对明星的一个褒奖了。

虽然程淮的身体缩水了，但是这并不影响他正常的跑步时长。顾弥声一直老老实实地跟在他身后，无聊得连续打了好几个哈欠。

"程淮，为什么叶子里会有叶绿素？"鼻子已经适应了这股清新刺鼻的味道，顾弥声才开始没话找话，"怎么不是叶兰素、叶红素，非得是绿色？"

"因为太阳光球层的温度大约是六七千度。"

"这和太阳的温度有什么关系？"

顾弥声虚心好学的样子让程淮有些失笑，让从高中开始就放弃学习理科的顾弥声能主动询问科学原理，可见她现在是有多无聊。程淮擦了擦脸上沁出来的细微汗珠，脚下的步伐匀速不变。

他粗略地整理了下语言，说："以前叶子是什么颜色的我不知道，但到现在，大约都是物竞天择的结果。这个可以反推一下，光是三色光。我们所看见的一个东西的颜色，是因为白光照在上面，物体吸收了这个颜色的补色光，所反射出的颜色就是我们看到的。"

他瞄了一眼顾弥声，发现她若有所思地点头，才继续说："所以，绿色是叶子反射出的颜色，绿色光的补光是红橙光。自然界中的红橙光……"

"是我们看到的太阳的颜色吗？"顾弥声忍不住为自己的机智点赞。

程淮笑了笑，气息完全没有任何变化，继续说："这也可以推断。光是电磁波，不同颜色对应了不同的波长。红橙光对应的是600 ～ 700 纳米。如果说绿叶使植物更好地吸收能量，那就表示这个区间的波长在自然光里具有最高的能量密度。按照公式可以推出，光的温度需要七千度左右。"

"所以，是太阳光的温度啊。"

如果非得说什么时候的男人最好看的话，除了大家普遍认为的认真工作之外，顾弥声觉得，在自己不懂的时候，能帮自己答疑的、腹中有学识的男人也很好看。比如说，现在的程淮。

　　意识到自己停留在他身上的目光有点久，顾弥声赶紧转开视线，说："嘿，老干部，我们要回去了。"

　　他们一直没有离开住的这栋楼附近，因为是在小区的最里面，所以这个地方也算是比较偏僻。程淮已经跑了四十多分钟，小区渐渐苏醒过来，等下连这条路上也会慢慢出现一大早起来出门买菜的老爷爷、老奶奶了。

　　"刚好我也有点饿了。"程淮言笑晏晏，拉完筋，伸了伸腰，才又轻松地呼出一口气。他接过顾弥声递过来的纸巾，随手擦了把额头上的薄汗，然后自觉地抬起双臂让顾弥声带他回去。

　　才一天的工夫，他就已经完全适应了被顾弥声握在手心里的滋味。

　　"早餐吃什么？"程淮问。

　　"不吃。"

　　"顾弥声，你想不想我打电话给顾叔叔和顾阿姨，告诉他们你平时都是这样子照顾自己的？"

　　"呀，程淮，你好烦。"

　　"早餐吃什么？"

"满汉全席怎么样啊，淮少？"顾弥声爬着楼梯，气息不稳地回答。

回到家，顾弥声让程淮去换了一套衣服，又帮他放好水，和他一起在洗手间的镜子前洗脸、刷牙。

镜子里是一高一矮的两个人，一个站在洗手台上，另一个站在他身后，步调一致。小空间里充斥着洗洗涮涮的声音。

这个画面有点熟悉。

很早之前，在他们刚上小学的时候，顾弥声每天都缠着程淮，明明两家挨着，可顾弥声连晚上都不愿意回家，总是要跟程淮待在一起。连顾爸爸都吃醋地说："我家女儿将来肯定没什么大出息，小小年纪就见色忘义，过不了美人关。"

那时候程淮做什么，顾弥声也跟着做什么。两个人一起起床，一起踩着小凳子，站在洗手台前面洗脸刷牙，一起背着书包上学放学。

那时候的顾弥声，还会跟在程淮后面软软糯糯地叫他哥哥。

"你什么时候去做满汉全席？"洗完脸，程淮让顾弥声帮他从储物柜里面拿出了刮胡刀和剃须膏。虽然已经搬家，但幸好当初并没有把东西都带走。

程淮给自己抹上剃须膏，然后双手合抱，才能抱起那把对现在的他来说的巨无霸刮胡刀。但是那刀片比他的脸都大，要怎么刮啊！他抱着刮胡刀对着镜子比画了几下，看得顾弥声心惊胆战，就怕他一个不小心，就殒命在她面前。

"现在又没人看你，至于这么注重形象吗？"顾弥声紧张得没有心思去回答程淮调笑的问题，从他的手里拿过刮胡刀，避免他失手酿成悲剧。

不过也确实有点碍眼，一个精致的人偶娃娃脸上，出现青色的胡楂，是不是有点违和？

程淮拍了拍手，嘴角含笑地看着她："难道你不是人？"

"我才不想看你。"顾弥声嘴硬，随后她努努嘴，让程淮安分地坐在洗手台边上，自己捣鼓着那把刮胡刀，希望能制作出一把适合小人儿使用的刮胡刀。

过了一会儿，顾弥声拿着一把简易小刮胡刀，对着程淮说道："这是我第一次制作小刮胡刀，也是我第一次给人刮胡子，你配合着点别乱动。先说好，万一给你划开一道口子，你不能赖我。"

"不赖你？"程淮的语调几不可闻地往上扬，他说的这句话真实的意思是"不赖你赖谁"？然而顾弥声却没有听出来，只当他是附和了自己的话，开始谨慎地往他脸上动刀。

他微微仰起头，挺拔的鼻梁把打在鼻子上的光切割成两半，下颌的弧线优美，自然抿紧的嘴唇被雪白的剃须膏包裹，显得越发红润。他微敛双眸，琥珀色的瞳仁里盛满连他自己都没有察觉的柔光，目光灼灼地把眼前的顾弥声藏入眼底。

　　然而这些顾弥声都没有察觉，她现在全副心神都放在自己手里的小刮胡刀上。

　　谢行一很早就跟她八卦过，他从去年开始就给程淮买了全身保险，脸是最贵的部位。要是毁了程淮的脸，别的先不说，她怕谢行一会控制不住自己，先来收拾了她。

　　程淮目光直视，看到顾弥声因为紧张而不自觉咬着的下嘴唇，又有点忍不住想要逗逗她，于是噙着笑意突然开口："你还没回答我，什么时候给我做满汉全席？"

　　"你能不能别这么吓人！"顾弥声被吓得往后一跳，摸着跳动过快的心脏。刀片刚刚差一点就要割破他的脸，而他居然还在询问什么时候吃早餐。

　　程淮并没有理她，从喉间发出一声性感低沉的声音："嗯？"

　　"你这人烦不烦？"顾弥声蹙紧眉头，深呼了一口气，"等我给你刮完胡子。"

　　"家里有那么多菜？"

　　为什么一下子说到这个话题了？

　　顾弥声有点跟不上程淮的思维，发蒙地问他："什么？"

　　"你不是说要做满汉全席吗？"

　　出生之后就认识的两个人，顾弥声第一次觉得和程淮说话有点费劲："满汉全席只是开玩笑而已。"

"可我当真了。"

顾弥声一脸的抗拒表情，冷淡地回应一句："哦。"

"既然你不会做满汉全席，以后就勉强每天给我做饭吃吧。"说完，程淮闭上眼睛，大方地仰起头，把下巴留给顾弥声，一副配合刮胡子的样子。

顾弥声看他一副耍赖的滚刀肉模样，想想还是不再开口反驳。打嘴仗她从来没有赢过程淮，只能另辟蹊径，在别的方面发泄自己的怒气。

比如说，网络。

快速煎了两个蛋，又温了一杯牛奶，这就是顾弥声饱含诚意的早餐。

在安顿好程淮、让他对着 iPad mini 浏览网页的时候，顾弥声趁着自己还未消散的一腔热血，坐在电脑前画了几幅小程淮被欺负得眼泪汪汪的 Q 版图。

第一张，小程淮被拎在手上使劲地摇晃，眼角泪花闪闪。

第二张，小程淮扒在碗边，就是吃不到碗里的东西，委屈得泪流满面。

第三张，小程淮被懒猫压在爪子底下挣扎，两行如小溪流的泪水把他周围都淌成海。

后面三张是 GIF 动图。

一张是小程淮站姿不稳地抱着刮胡刀，东倒西歪，最后在脸上划拉了一道口子；另一张，小程淮两颊通红，被一只手指来回地推倒在地；最后一张，小程淮费力地从洗手池底往上爬，眼看就要爬出来了，又顺着光滑的池壁滑下来。

她把这几张图发在了微博上，没过几分钟，转发量就已达上千。

在黑程淮的这么多年里，顾弥声已经变成了一个德智体美劳全面发展的大触——P 图做表情包、写同人小段子、剪辑影音视频、画 Q 版卡通图……基本上她全都会了。

"这到底是怎样的爱，才让声大这么多年来独宠 wuli 淮哥？"

"完蛋了，我脑子里的老干部淮哥突然萌起来了。"

"作为一个忠实的淮粉，已经被不黑淮哥会死的声大圈粉是怎么回事？"

"声大的黑从来都是饱含爱意的，你们难道不知道吗？和声大喜欢同一个偶像，莫名地有种幸福感。"

"大大，大大，求雨露均沾，看一眼我 idol，颜好、腿长、有腹肌，重点是，他想红啊！"

"我爱豆直播的时候，有提到过羡慕程淮有一个声声慢这样的粉丝。做粉丝做到闻名于偶像界，声大也是了不起。"

"我就想问，有多少人是因为声大笔下的程淮，而喜欢上程淮的。"

顾弥声快速浏览完这条微博底下的评论，看了一眼在不远处沙发上一无所知的程淮，她窃喜地把一些有意思的留言都点了赞。

　　"你在偷笑？"程淮感受到顾弥声投递到自己身上的目光，于是把注意力从 iPad 屏幕上抽离出来。

　　顾弥声脱了鞋子，光着脚，双腿盘在椅子上。室内的光线充足，她的脚趾粉粉嫩嫩的，圆润可爱得让人移不开目光。而她对这一切毫不自知，来回转着椅子。她回道："并没有。"

　　程淮不自然地收回视线，双手抱胸，气势夺人："可你现在笑得像是偷了腥的懒猫。"说完，他还示意她去看一眼在不远处自顾自地玩着毛线老鼠的懒猫。

　　"随便你怎么说，反正我现在高兴。"顾弥声又点开大图，浏览自己画的 Q 版图，电脑在程淮的侧面，所以不用担心他会看到电脑桌面上的东西。顾弥声看到第三张图的时候，漫不经心地把自己下午的行程告知程淮："下午我要去上课，你和懒猫两个待在家里。"想了想，又问，"需要我把懒猫关起来吗？"

　　显然是眼前这幅他被懒猫压在爪子底下的图片提醒了她。

　　程淮手上的动作顿了一下，抬起双眼与她对视，嘴角露出一个戏谑的笑容："为什么要把它关起来？难道还怕我对付不了一只猫？"

　　"是有点。"

"你可以不用说得这么直白。"程淮目光微沉，有点不满意顾弥声的轻视。

"好歹也要关心一下你的人身安全。"

毫无意外的是，这段对话以程淮的最终胜利结束。

于是在顾弥声去学校上课的时候，程淮和在家里自由行走的懒猫，一起待在客厅。

苏晓家的懒猫快成精了。

从顾弥声关上房门的那一瞬间开始，懒猫就放弃了它一直玩不厌的毛线老鼠，开始靠近程淮坐着的沙发。它弓起身子，企图像昨晚那样，跃到沙发上，压住程淮。

然而这回，程淮并不像昨晚那样毫无防备。

他在心里计算着懒猫大概的重量、后肢的弹跳力、整个运动抛物线的曲径，以及空降到沙发上的落脚点。在懒猫弹跳着即将着陆到沙发上时，程淮突然移动到它面前，伸出自己的小手轻轻一挡，懒猫就被推回到沙发前垫着的地毯上。

像是找到了一个新游戏，懒猫从各个不同的角度扑向沙发，但最后都被程淮推回到地上。如此经过好多次，似乎已经筋疲力尽的懒猫察觉到，眼前这个小人儿并不是它能够当作玩具玩耍的，于是也就安分下来，重新玩起了自己的毛线老鼠。

/Chapter 08/
你们这个角色 play 还真是取材于
生活呀。

　　没有遮挡严密的窗帘，让早上七点钟的曙光透过缝隙，照进静谧的空间。空气中的尘埃四处游离，在橘黄色的光芒里毕现无余。

　　顾弥声的半张脸都埋在被子里，晨光刚好照到她的脸上，这让她烦躁地翻转到背对窗户的另一侧，用脸颊来回摩挲光滑柔软的枕面，又继续沉浸在梦里。

　　她旁边的枕头上，穿着格子小睡衣的程淮姿势平稳地躺着，身上盖着一条对折起来的珊瑚绒浴巾。他睡得悄无声息，不经意看到会让人以为是高度仿真的人偶玩具。也是因为感觉到卧室里的光线变化，程淮睁开眼睛，琥珀色的眼珠在阳光的照射下，像一对剔透的琉璃珠宝，光泽鲜活得像是有一丝流光在眼底浮潜。

　　他优雅地打了个哈欠，掀开浴巾，穿着格子小睡衣的身体活泛地往右边一个侧身，就沿着凸起的枕头坡面滚落至顾弥声的面前。

距离之近，让他能清楚感受到她的每一缕呼吸。

程准趴在顾弥声面前，本来伸出手，想像昨天那样在她的脸上拍打几次。正巧，顾弥声似乎梦见什么开心的事情，嘴角上扬露出一个无声的笑容，让小人儿快要接近的小手，情不自禁地又收了回去。

算你运气好！

小时候，顾弥声经常会在睡梦里笑出声，每当程准想把她摇醒，问她梦见什么的时候，都被程妈妈及时地制止。因为程妈妈说，在梦里面笑出来，是不能被叫醒的。

听得多了，程准也就养成了习惯。

他索性盘腿坐了起来，双手托腮，认真地用眼睛描摹着顾弥声的轮廓，眼神中的温柔连他自己都没察觉到。

她睫毛浓密，平时一生气就瞪得格外大的眼睛现在安分地合着，小巧玲珑的鼻子随着呼吸一翕一张，樱粉娇嫩的嘴唇，像是他们家樱花林里沾着晨露的花瓣。

再往下……

小人儿的脸色看起来有点不对。

顾弥声身上穿着的是她上个月新买的日式和风睡衣，上衣是对襟系绳的款式，在被她穿着翻来覆去地睡了一夜之后，衣服上打的活结有些松落，弄得整件衣服都松松垮垮的。她现在刚好对着玩偶小人儿这边侧躺着，因为重力的作用，一边衣服摇摇欲坠，左胸隐约露出大半春光。

玩偶小人儿被眼前的景象震得呼吸一滞，当即扭头，绯红慢慢地爬上脸颊，再蔓延至耳朵。全身的血液似乎都沸腾了，脑中的思绪也混乱得一塌糊涂，唯有几秒之前让他血脉贲张的画面，不断地在他眼前回放，顿时，他的呼吸又变得急促凝重，内心仿佛刮过一场狂风骤雨，掀起一波又一波的浪潮。

真是丢脸，像是个没见过世面的愣头儿青，可沙滩上穿着比基尼、比她身材好的美女比比皆是，也没见他这么没出息过。

可是一想到刚才的画面，他就像被泡在热水里面，焦灼得全身难受。

刹那间，程淮又觉得自己眼前一阵漆黑。视线再次恢复，入眼的第一个东西就是他骨节均匀的手指。

顾弥声还在睡梦中，恍惚地感受到自己旁边的床面有点塌陷，但此时她的眼皮沉重得只能睁开一条缝，被睫毛遮挡也看不清东西。她伸出手往旁边探了一下，好像哪里有些不对。尚未清醒过来的她，暂时不能及时处理回馈到大脑中的信息，只是下意识地感受到了来自指尖的触觉。

质地温热但坚硬如磐石，表面光滑细腻但又紧致结实。她揉了揉眼睛，然后费力地眨了几次，视线慢慢变得清楚。

"程淮？"

这是顾弥声还没醒过神来发出的声音，喉咙发紧，声音有点沙哑。是语调上扬的疑问语气，再加上刚刚睡醒，声音有些飘乎，听得人酥酥麻麻的，仿佛一片羽毛拂过心间。

"你去死啊！"

这是顾弥声看清楚自己的手正从程淮的腹肌往下，快要摸到他的人鱼线而突然清醒时发出的叫声。叫声尖锐地传到在场的两个人耳中，连鼓膜都在颤抖。

紧接着下一秒，丝毫没有准备的程淮就这样被顾弥声踢下了床，而且是全身赤裸着被踢下去的！

因为突如其来的变化，此刻他的眼前还模糊不清，手脚也稍微有些发软。不过，此时程淮满脑袋都被"怎么突然就变回来了"的想法给占满，全然没有考虑到自己变大之后撑破了之前的小衣服，目前是光着身子的状态。

顾弥声趴在床上，用薄被把自己捂得严严实实的。她把通红的脸埋在枕头里，深深地换了几口气，努力平息心中纷杂的情绪。然而，不小心回味了一下还停留在指尖的触觉，脸上才刚压制下去的温度立马又上升了。

这几年，顾弥声在网上经常看到粉丝们公开探讨一个问题："从来都穿得很保守的程淮，身材到底怎么样？"

就算是和程淮从小一起长大的顾弥声，也不能回答这个问题。不过，初中时候，顾弥声无意中闯进程淮的房间，碰巧看到程淮脱下衣服的场面，程淮小鸡仔似的瘦弱身材还是给她留下了深刻的印象。再加上，程淮从小就有挑食的毛病。

所以，当时，顾弥声不屑地皱皱眉，快手画了一个干瘪的程淮形象 PO 到网上，让很多程淮的死忠粉，包括很多肤浅的颜粉都不服气。

我的偶像一定是处处都完美——脸赞、音苏、大长腿；翘臀、腹肌、人鱼线。

这大概是每个粉丝所认可的程淮，同时也是他们心中所坚持的。

现在终于知道这个问题答案的顾弥声，心虚地想偷偷瞄一眼地上的程淮，但羞耻心又制止了她的动作，只有嘴巴还不甘示弱地蹦出一连串话语："你……你禽兽、变态、神经病，你……你居心不良、丧心病狂、心怀叵测、别有用心！这么多年我还是看错你了，你对得起我对你的信任吗？！"

任谁睁开眼，看见自己正在抚摸一个裸男的腹肌，都会觉得很尴尬吧？顾弥声回想刚刚那一瞬间，脑海里闪过的想法居然是——怎么办？之前没有遇到这样子的情况，有点不会处理。

所以自觉刚刚非礼了程淮、理亏的顾弥声，才用"谁声音大谁才有理"的气势，先发制人地数落程淮。

程淮伤脑筋地用手按了一下眉心，触感告诉他此时他正赤裸着，五月份的早晨，和地面不隔一丝衣物地接触，还是有点冰冰凉的。他从地上站起来，虚晃了一下才重新往床边靠近，惹得察觉到有阴影靠近的顾弥声，又往一旁缩了一下。

　　程淮假装自己没有看到顾弥声避他如蛇蝎的举动，拿起原本对折起来的浴巾，围在腰间，这才坐在床沿边，仔细地感觉起这次身体变化的不适感。他转头，眉梢一挑，好笑地看着床上装死的凸起的一团，说："怎么了，顾弥声？你又不是没看过我不穿衣服的样子。"

　　明知故问！你怎么不说，在我家相册里面，还有你满周岁时候的裸照？顾弥声在被窝里翻了个白眼。

　　每次都说些让人容易浮想联翩的话，可说白了其实就是从穿开裆裤开始，两个人就被迫混养在一起。两人一起吃饭、一起洗澡、一起睡觉，后来还一起上学，似乎从他们来到这个世界之后，生活轨迹就交织在一起，再也分不开。

　　所以直到上高中，顾弥声都还认为，她和程淮，注定是要一辈子生活在一起的。

　　见顾弥声没有半点要出来的意思，程淮估摸着位置，隔着被子精准地拍了一下她的头："你埋在被子下面能透气吗？快出来。"

"我能不能透气关你什么事？就不允许我多害羞一会儿吗？我是少女啊少女！"

还不准脸皮薄的少女，在被子里多待一会儿？

想到自己以前有多天真，顾弥声便有些恼羞成怒，她猛地翻了个身，从床上坐起来。虽说目光里怒火丛生，但她仍然很尻地避开了程淮，视线越过他小心地落在紧闭的房门上。

她的头发杂乱无章地掉了几绺在鼻子附近，发丝拂过鼻尖让她的鼻翼轻轻抽动，她毫无防备地打了个喷嚏。像是一个快要爆炸的气球被打开了一道口子，所有亟待爆破的气势都在瞬间消失殆尽。

把这一切收入眼底的程淮，发现顾弥声的背都挺得没有那么理直气壮了。

房间里静得只能听见彼此的呼吸声，程淮眼含笑意，无声地往后面靠了一点，让自己暴露在顾弥声的视线下。可顾弥声一看到程淮，又把目光移向一旁，坚决不看他，她眼睛直视前方，不敢乱瞄。

她怕自己看到光着身子的程淮，脸颊会再次不争气地红起来。

输人不输阵呀，顾弥声。

只是，看穿了顾弥声的程淮，孜孜不倦地跟着调整了位置，并没有多说什么，这让无处可躲的顾弥声瞬间炸毛。

"程淮……"

即使现在人生才过了一小半，顾弥声也觉得她这辈子把程淮的所有样子都看完了。可是，她并不会对所有样子的程淮免疫，就像现在。

疏朗的眉峰随性地挑高，目光流转，笑意盈盈，轻易地锁定她，薄唇也弯成一道弧线，透露他此时尚好的心情。

她想起程淮为人称道的除了"老天爷赏饭吃"的外形和演技之外，还有他的眼神。

给程淮带来国际影帝光环的那部电影里，程淮在电影里担当主角，扮演的是一名哑巴。自然，所有想透过屏幕传递给观众的情绪，都通过他的眼睛来完成。

程淮的眼睛清亮、干净，以前眼角、眉梢都是遮不住的不羁洒脱，现如今整个人的气质被时间温吞地打磨成舒展坦荡的样子。可眼睛依旧一如往昔，就像是你能从这双眸子里看到当年的那个程淮，仿佛不曾老去。

顾弥声猝不及防地掉进这弯清可见底的深潭里，他眼中的自己还是眉头轻蹙，一副不耐烦的样子，然而神色却开始有点缓和。

完蛋了，她忘记自己刚刚想要说什么了。

顾弥声从没这么深刻地认清自己，她就是那个难过美人关的英雄。

"你想说什么，我都听着。"程淮得意地眨了下眼睛。

"咳咳！"顾弥声顿了一下，破罐子破摔地在他身上打量一圈，然后重新找了个话题想把刚才的表现给圆过去，"我就是惊讶地想问下，你是怎么变回来的？"

对，惊讶，所以半分钟之前的那声"程淮"只是因为吃惊，所以才不自觉地提高了音量。

程淮没有拆穿这个满是漏洞的谎言，他顺着顾弥声的问题，也遮掩了一下自己变回来之前那一小段的插曲。

"我也不清楚，一觉醒来就发现自己变大了。"

枕边零散着几块碎布料，不用想也知道是那套小衣服被撑破留下的。顾弥声掀开被子下床，从外面的阳台上取下了程淮前几天换下的那套早被她洗好晾晒的衣服。

她此时长发凌乱纷杂如鸡窝，因为刚刚才醒来，还放肆地打了一个哈欠，脸上的表情因为肌肉的拉伸而扭曲，总之看上去邋遢、散漫。但是程淮却很怀念这样子的顾弥声，连她脸上因为休息不好而出现的眼袋也觉得甚是可爱。

接过衣服，程淮摸了下她脑袋，毫不吝啬地给了她一个笑容："阿声，你越来越会照顾人了。"

"我谢谢你啊，这都是拜谁所赐？"顾弥声又翻了一个白眼，深深地觉得自己越来越有老妈子的气质，未老先衰地重重叹了一口气。

"既然是我的功劳，就麻烦你请我吃顿早饭答谢，怎么样？"

暖融的晨光透过玻璃窗照射在实木地板上，将室内照得分外明亮。被苏晓养得膘肥体壮的懒猫蜷曲在小飘窗上，慵懒地打个哈欠之后，又眯着眼睛继续晒太阳。顾弥声安静地坐在客厅一隅，拿着手机在和苏晓聊天。

顾弥声：这日子啊，真是过不下去了！

苏晓：过不下去之前，请一定记得喂饱我家懒猫。在我回来之前，坚决不让它瘦掉一点！

顾弥声：你难道不是应该关心我为什么会过不下去吗？

顾弥声：你家懒猫都是喵星一胖了。

"好吧，为什么过不下去？"隔了五六分钟，苏晓才发了一段语音过来。按时间推断，这个时候她大概是在忙着化妆。

顾弥声瞄了一眼在厨房里面洗碗的程淮，因为怕被他听到，所以她还是老老实实地打字。

顾弥声：程淮这两天住在我家！衣来伸手饭来张口，已经把我折磨成一个能干的保姆了。

苏晓：妹妹，你这么说的话，我会想歪的。

还在吐槽兴头上的顾弥声，完全没有领会苏晓话里的意思。她眨了眨眼，老实地发了一个问号过去，然后又迅速地在对话框里面打下一行字，准备等听完苏晓刚刚传过来的语音消息就发过去。

"把你折磨成一个能干的保姆。你们这个角色 play 还真是取材于生活呀。"苏晓一字一顿，发音清楚，重音落在"能干的"

三个字上。

　　顾弥声被她信手拈来的词语新解给震撼住了，整个人呆滞了几秒钟，然后把对话框里面没来得及发的"这都是被他逼的，他还说让我感谢他，给他做早饭！脸呢！"给删掉，重新打了一句话过去。

　　顾弥声：今天我们绝交五分钟。绝交期间，让你家懒猫替它主人肮脏的思想面壁五分钟。将这句话发过去后，她忽视了苏晓最新的那条语音，就锁了屏。

　　想也知道，苏晓是说等她回来要自己好看。顾弥声对着虚空做了个鬼脸。

　　以后再也不能纯洁地理解"能干"这两个字了。

/Chapter 09/

她一定要告诉大家，程淮是个很
容易生气的人！

　　程淮从厨房里面出来，随意甩了几下还没干的手。小水滴从他的手背滑落，折射着阳光，在地板上留下些许斑驳的光圈。顾弥声正窝在客厅的角落里，埋头捣鼓着。从侧面看去，能隐约看到白色的毛发，懒猫凄惨的叫声也随之传来，听得让人头皮发麻。

　　"你在对它做什么？"前天被懒猫压在爪子底下的仇，昨天已经和它一笔勾销了。程淮这才勉为其难地开尊口，准备去解救一下。

　　顾弥声只顾着和懒猫斗智斗勇，听到声音也没有精力回头，就怕懒猫趁自己分神的时候钻空子逃走。她往旁边让出了一个位置，出声招呼程淮来一起帮忙："快来帮我把它压在墙上，让它的背挺直。"

　　于是，喵星一胖的两只前爪被转移到一双温柔有力的大手中。趁着程淮接手的工夫，顾弥声毫无形象地累倒在地板上，刚才和懒猫的一番斗争已经让她上气不接下气。

　　歇了一会儿，总算平稳气息之后，她才开口解释："替它主人罚站一会儿。"

　　程淮从上到下地打量了一番顾弥声，汗湿的刘海耷拉在前额，整个人脱力地瘫在地板上，怎么看怎么可怜。

　　"但是看起来，你比它更累一些。"他一语道破真相。

　　懒猫并没有被罚站多久，因为门铃响了。顾弥声用半死不活的眼色示意程淮去开门。

　　风水轮流转，从程淮恢复正常的那一秒开始，她就迫不及待地远离"保姆"这一词，努力让程淮忙碌起来。

　　程淮接收到信息后，眼里闪烁着浅浅的光芒，他嘴角微翘，似是无奈。他宠溺地摇摇头，松开钳制懒猫的手，向门口走去。他并没注意到身后，仓促逃跑中的懒猫，把肥胖的身躯重重地压在顾弥声身上，然后迅速地钻进猫窝里。

　　顾弥声觉得自己的五脏六腑都快被刚才的暴击给压扁了，她完全不能理解苏晓为什么还不愿意给这只肥猫减肥。对，比起懒猫，肥猫这个名字更适合它。

　　"懒猫，你罚站的时间要加倍！"

　　门口站着的是不请自来的谢行一。

　　程淮从猫眼里面看到左顾右盼、看起来一脸焦虑的谢行一，并没有急着开门。等顾弥声慢吞吞地爬到沙发上坐好，他才收回目光，平静地把门打开。

"哈，你果然是在这里！"谢行一从还没完全打开的门缝里，轻巧地溜进来。看到沙发上懒散坐着的顾弥声，他还不忘跟她算账，"阿声，你也学会骗人了！我前几天问你知不知道程淮去哪儿了，你还骗我说没在你这里。"

顾弥声闻言，不好意思地干笑了几声。对于这件事情她真的有点心虚，于是赶紧狗腿地为谢行一倒了一杯水。

"亲疏远近懂不懂，她为什么要帮你？"程淮挑眉看了一眼谢行一，关上门让他自觉换鞋子，然后才用清冷的嗓音懒散地开口，"一大早的这么聒噪，周围的邻居等下都要来投诉了。"

窗户外面叽叽喳喳叫着的麻雀都比我聒噪，你怎么不说它们？！

但是，谁让谢行一是狗腿的真爱大护法呢？于是他心甘情愿地接受程淮子虚乌有的指责，能屈能伸地点点头，看着程淮表示待会儿开口会降低一些音量。

程淮跟在谢行一的身后，就近也挑了一张沙发坐下来，把茶几上的杯子递给谢行一后，开口问他："来找我有事吗？"

"经纪人没事就不能来找他的艺人吗？"顾弥声忍不住在一边为谢行一开口说了一句。她暂时无法消除欺骗过谢行一的羞愧，所以在听到程准这么说的时候，赶紧站队支持谢行一。

这样插话的结果是，她收到程准轻飘飘的一记眼刀。

谢行一一口气喝完了杯子里面的水，才想起自己今天找上门的正事来。

"你们都不好奇我是怎么知道程准在这里的吗？"不等他俩回答，谢行一立马掏出自己的手机，翻出微信记录，然后把手机放在程准面前的茶几上，"我今天收到了一家娱乐记者发过来的消息。"

他是该庆幸程准平日里攒下的好人缘吗？

所以这家媒体在拍到这个大新闻的时候，没有选择放出去，而是和他们工作室打声招呼，让他们看看是不是想要买回这条消息。

程准的脾气和涵养一贯很好。虽然是国内最年轻的影帝，可从来没见他端着影帝的架子——拍戏的时候不迟到、不早退；他还是有名的"一条过"，不耽误大家的下班时间；对待片场的每个工作人员，大到导演、制片，小到群众演员都礼貌相待；请人帮忙也会真心地加上"请"和"谢谢你"；碰到记者采访的时候，他会有问有答，就算是不方便回应的问题也会周到地打擦边球回复。

以至于，圈内人提起他，都会点头称赞。

这次的提醒，也是媒体们看在程准的面子上，对他印象很好，所以才愿意让他的工作室花钱买照片。

一看到有八卦消息，刚才还浑身无力的顾弥声立马惊坐起，眼晴里神采奕奕："什么消息？"

和娱乐圈的人走得近的唯一的好处是,能掌握圈内的一手八卦。

每次看到网上散布的各种似真实假、混淆视听的明星八卦,顾弥声都有一种难以名状的优越感。她在看某论坛的"娱乐八卦"板块的时候,最常腹诽的一句话是"恕我直言,你们都是垃圾"。

不过马上,她的八卦之魂就燃烧不起来了。

程淮拿起谢行一的手机,快速地浏览了一遍聊天记录,连每一张照片都点进去看了一下。看完之后,他意味深长地瞥了一眼兴致勃勃的顾弥声。

接收到他这个眼神,强烈的第六感告诉顾弥声,这个消息大概与她有关。

"有几家娱记,从拍到你去阿淮家的那天起,就开始跟拍他。"谢行一痛心疾首,在反跟拍这方面,他们做得还远远不够。

"然后在三天前,他们拍到程淮和你一起进了这里,而且,程淮再也没有出去过。"谢行一抛了一个你懂的眼神给顾弥声,"待在一个地方三天都没出去过。你知道,按新闻记者的做法,他们会取出多么引人注目、想入非非的标题。"

顾弥声确实懂。

应该就是些"爱巢中休息三天三夜,程影帝好事将近""三天!程淮在某方面也是影帝级!""某鲜肉携美人,宅家三天三夜"……

的标题。

顾弥声坚信，自己不入流的取标题能力，肯定不及深谙其中做法的娱记的百分之一。她目光游离、气若游丝，企图还原事情的真相："我中间不是去上过课的吗？我出去过啊！"

谁和他待在家里三天了？！

谢行一怜悯地看了一眼顾弥声，就像是在注视一个傻子。这时候和娱记讲节操，简直是笑话。

可是，他还没有鄙视完就收到了程淮的眼神截杀，他从没觉得自己这么受伤害过，捂着胸口老老实实地解释："娱乐新闻本质上就是报道观众们想要看到的东西。就算知道你出去过，大家也会当作没这回事。而且，他们应该还是没有拍到你吧，否则在通知里面也会说明的。"

这条消息的价格也会跟着翻倍。

程淮女友浮出水面，这则新闻又是重磅炸弹。

"那现在该怎么办？"

顾弥声眼巴巴地望着程淮，希望他能在这种关键时候想个办法。

谁知道程淮摸着她的脑袋，像招呼小狗一样示意她坐好，还是那副老神在在的样子，一点都没有绯闻即将缠身的焦急。他手上的温热传递到顾弥声的发顶，让她也变得安静下来。

他问谢行一："他们愿意让你花钱？"

“哈？”

顾弥声大脑混沌一片，她能听懂程淮说出来的每个字，但是那几个字放在一起的意思，她一无所知。

“嗯，还给了那家杂志一次你的专访。”谢行一理直气壮地把这个他加塞的日程说出来。

程淮很少接受国内杂志的专访，淮粉们羡慕地看着别人家的明星，一边叫嚣着自家偶像太不接地气了，求多接点采访；一边又为偶像开脱，说程淮专心拍戏。演员嘛，就是做好自己的本职工作就好了。

这样子没有立场的墙头草，一点都不支持他这个经纪人的工作！

难得这次他可以名正言顺地给程淮安排一个访谈。他轻咳了一声，克制住扬起来的嘴角：“但下次要是再被人拍到，就没这次好处理了。”

“所以这是在，交换？”

说真的，以为自己可以算得上是娱乐圈编外人士的顾弥声，发现其实她一点都不懂。

程淮早就知道谢行一会把事情解决，所以他一点都不着急。

他把手机还给经纪人，幽幽开口为顾弥声解答：“有很多消息其实记者们都拍到了，但是后来又被压下去了。要么拿钱，要么用权。”

谢行一在旁边还补充说明："当然，如果那个艺人得罪的人太多，就算想买新闻都买不到。娱记们想放消息还是可以随便放，那时候就有那些'知情人士''某路人'出场了。"

"原来是这样！"顾弥声恍然大悟，心底暗自高兴，又可以在苏晓面前显摆了，"所以现在新闻是买下来了？"

"嗯，解决了，不过不保证以后会不会放出来。但是，以后放出来的话，肯定没有现在难解决。"

被科普的其乐融融的气氛，被顾弥声放在茶几上的手机铃声打断。程淮用他两只眼都是 5.1 的视力，清楚地看见"钟以梁"三个字出现在 4.7 英寸的手机屏幕上。本来柔和的面部轮廓，突然变得坚硬凛冽起来。

时刻注意自己艺人的一举一动的谢行一，也在第一时间明白程淮的心理变化。结合程淮在这里待了三天的事实，他趁着顾弥声跑到阳台上接电话的时间，凑近程淮，小声地问："请毫无保留地告诉你的经纪人，你和阿声，是不是在谈恋爱？"

程淮听到这句话，本来跟随顾弥声的目光立马折回来紧盯着谢行一。他微皱眉头，眼底掠过一道浮光，又轻笑着说："没有。怎么这么问？"

"看样子啊。"

"没有。"

"那为什么要住这里？"

知道谢行一会问出这个问题，程准也把早就准备好的答案说出来："我待在这里写毕业论文啊。这儿离 Z 大近，我能随时回学校去找教授。"

其实说近的话，Z 大物理系的宿舍楼是更好的选择。

当了几年演员、演技已经炉火纯青的程准，似乎在说谎这点上，也是天赋异禀。他脸不红心不跳、眼神坚定地看着谢行一，让谢行一确信无疑。

其实，只要对象是程准，他说的话，谢行一都会信。

"那现在外面的记者都撤了，你是不是也要回那边的房子了？"谢行一问。

这是个老小区，安保设施不严，谁都可以进来。周围又都是学生，基本上几个人中间就有一个是程准的粉丝。如果被粉丝们知道程准就住在这个小区里，估计会天天来楼下堵他。

客厅里突然陷入一片寂静，仿佛空气中飞舞的尘埃都静止了。

程准再次望向窗外的阳台，顾弥声的笑容在阳光底下格外耀眼，晃得他稍微不适地再次聚拢眉峰。

谢行一觉得气氛有点压抑，然而，他并没有出声去打扰程准的思绪。

阳台外面顾弥声的爽朗笑声，缥缈地传进来，打破了无声的僵局。程准回过神，轻声说："是得回去，这里总归不太隐蔽。"

也容易给她带来麻烦。程准在心里想。

"喂，钟学长？"顾弥声靠着栏杆，兴许是因为刚才被满足了很大的好奇心，她的声音里也透着让人高兴的清亮。

电话那端还是音质如玉的温润声音："弥声，下午有空吗？"

"下午啊……"顾弥声抬眸瞥了一眼和谢行一在专心说话的程准。

程准现在都变回来了，自己也不需要二十四小时都陪在他身边了。顾弥声忽略心底的异样，重新把注意力集中在电话上。她说："下午有空，学长要约我吗？哈哈！"

钟以梁在那头轻轻浅浅地笑着："下午我们系里有个讲座，邀请的是北大被返聘回去的一位老教授，听说当年还教过我们院长，这次也是他打电话请过来的。机会难得，我来跟你说一声。"

"谢谢学长。我都不知道，差点错过了。"

"这几天看你不常在学校里，来学校也是行色匆匆，来去一阵风，我猜你大概没关注这个消息。"

顾弥声闻言又冲着房间里的程准皱了皱鼻头，都是因为要照顾他的原因啊。

她含糊地说："是啊，前两天我都有事。"

"一点半的讲座，我留两个前排中间的位置，到时候在学校综合楼门口等你。"

"好啊，那到时候见啊。"

顾弥声挂断电话，重新走进客厅。

此时程淮和谢行一也结束了之前的话题，开始交流起下半年的工作。看到顾弥声，程淮清了一下嗓子说："顾弥声，我等下就和一哥一起回去了。"

"回哪儿？"

"清源河畔。"

顾弥声愣了一下，才反应过来："好啊，好啊，正巧下午我有事要出去。"

她的正常回应，让程淮脸上的笑意渐收，在一边一直没出声的谢行一突然插嘴："是和上次那个学长有约？"

"是啊，下午约了一起去听讲座。"顾弥声弯眼笑了一下。

程淮有点不高兴。

顾弥声多看了他两眼，可对于他为什么会不高兴，却没有半点头绪。

程淮只有在心情不好的时候，才会连名带姓地叫她。

顾弥声，顾弥声，顾弥声。

从阿声到顾弥声，中间几乎排除了所有表示亲昵的语气。

她用眼神询问谢行一，到底怎么了？然而谢行一就算知道在顾弥声面前情绪多变的程淮究竟是为什么不高兴，他还是会选择耸耸肩，装作不知道。

开玩笑，程淮刚在他进门的时候就给他贯彻了"亲疏远近"的说法，现在他也必须执行这一原则，毕竟给他发工资的人又不姓顾。

见得不到任何的答案，顾弥声也摊了下手，转身去电脑桌前坐着。不管别人信不信，她一定要告诉大家，程淮是个很容易生气的人！

/Chapter 10/

心跳加速？心跳加速能让他恢复
正常？

吃完午饭，程准被要求去洗碗，虽然他还是不高兴。

谢行一早在决定留下来吃饭的时候，就一直自告奋勇地揽下洗碗的差事。可还是，敌不过顾弥声想要为难程准的心。

于是，心疼程准的谢行一，一直在旁边默默地给程准递瓶洗洁精、递块干抹布，立志做个对程准有帮助的人。

两个人在洗好碗之后就离开了。

走的时候，程准和顾弥声打了招呼道了别，还是一副"我不是很乐意和你说话的样子"，但至少问了问顾弥声，要不要和他们一起去清源河畔。

即使，他明知道会被正在化妆的顾弥声拒绝。

送走他们后，顾弥声又把不知道从哪个犄角旮旯里面蹿出来的懒猫安顿好，在食盆里面倒了猫粮和足够的水，把玩具放在周围，力求懒猫不用多挪动几步，就能够得到它心爱的毛线老鼠。

接着，她就出门往Z大走。

Z大校园主干道两边的树木郁郁葱葱，午后的日光被层层叠叠的树叶分割成零碎的光斑，投在水泥地上。

周围的人都步履匆匆，从他们小声的交谈中，顾弥声也隐约听到关于下午这场讲座的字眼。

跟着他们来到Z大的综合大楼前，刚好是下午一点二十五分，顾弥声老远就看到站在台阶前的钟以梁。身为中文系学生会会长，他伫立在那里，身姿颀长，不时地和身边经过的人打招呼，有时候点头致意，有时候说笑几句。他的笑容恰到好处，声音温润如暖玉，待人谦和有礼，也难怪他被称为"文学系男神"。

像钟学长这样温柔的性格，才会受人欢迎嘛。哪像程淮，动不动就一脸别人欠他钱的样子，五千多万粉丝难道都是瞎了眼吗？

看到钟以梁发现了自己，并对自己招手，顾弥声立刻巧笑倩兮地走过去。

"不好意思，让学长等久了吧？"

钟以梁也难得和她开玩笑："巴不得多等你一会儿，但你没给这个机会啊。"像是不让顾弥声为他这句情绪外露的话为难，他又立马看了眼时间，转移了话题，"进去吧，讲座马上就开始了。"

"好。"

老教授的讲座是关于中文系学生本科毕业之后的研究生选读方向，主要针对的是大三以上的学生，这对顾弥声来说受益匪浅。

顾弥声手里拿着钟以梁递过来的可乐，眼睛专注地看着投影仪屏幕上的 PPT 演示，耳边是老教授缓慢却发人深省的解说。

顾弥声看到两边的过道上还站着隔壁班的同学，坐在第四排正中间黄金位置的她，在心里暗自庆幸一声"朝中有人好办事"。

不过，如果没有一直嗡嗡作响的手机，那是再好不过了。

"在哪儿？"

"讲座讲什么？"

"无聊吗？"

"顾弥声，顾弥声，顾弥声。"

"[微笑·jpg]"

程淮一连发了五条微信，最后一个表情让人心慌。

顾弥声有点受宠若惊。程淮从没有在他的微信朋友圈发过一条状态，搞得所有人都以为他屏蔽了自己。能和他用微信联系的人很少，能让他耐着性子打字，更是不常见。今天大概是他知道她在听讲座，不方便接收语音消息，所以才发文字。

顾弥声全然没发现自己的注意力已经完全从年迈的老教授身上转移到了程淮的微信上，她把对话框设置成消息免打扰，然后才开始回复："一点都不无聊。教授是实打实的教授，说的东西很有用。"

盯着屏幕上已经发送出去的微信，顾弥声把手机紧紧攥在手里，继续看 PPT，只是分了点心神去注意手机有没有新消息提示。可能看了太多次，连旁边的钟以梁都注意到她的动静。

他靠过来，压低声音："有急事吗？"

恰好这时候，手机屏幕亮了起来，上面有一条程淮发来的消息："好，那你认真点。"

明明是他打断了自己的全神贯注，偏偏这时候又让她认真。顾弥声只是稍稍腹诽了一下，就不再关注手机，也小声地对钟以梁说："不，没什么急事。"

程淮在离开之后，就被谢行一拉去给之前答应的杂志社拍了封面和内页。说到底，他还是怕任性的程淮又要闭关一个月，拒绝跑任何行程。这次要不是有媒体朋友告诉他程淮的行踪，他还真找不到程淮。

花了一个小时的时间化妆和整理发型，又换了五套衣服，陆续拍了两小时的照片，程淮已经累得满头大汗。他把脸上黏糊糊的妆容卸干净后，就把留在杂志社和编辑一起挑照片的谢行一扔下，先行回了家。

清源河畔里面的别墅空荡得没有半点人气，程淮打开门口的总开关，整个一楼瞬间灯火通明。走下玄关通往客厅沙发的两级台阶，程淮把自己扔进了柔软舒适的沙发里。

窗外的天空，被城市里的灯火点亮了一半。酸涩的感觉从四肢开始弥漫至全身，他只觉奇怪，今天的工作量并没有特别大，但现在就是感觉特别累。

不过，没有细究太多，程淮把这一切归结于，自己的身体才刚变回来。

他闭上眼睛，眼珠左右来回转动，以减轻眼睛疲劳。恍惚中，他感觉自己的身体像被盖了一层东西。

一睁眼，他居然又变小了。

再次出现这种事情，一回生二回熟，所以他并没有太多的惊慌失措，反而心里一阵轻快，扬着嘴角迅速地从裤兜里拽出手机，拨通了顾弥声的电话。

顾弥声在接到程淮电话的时候，正和钟以梁去往电影院的路上。

加上最后的答疑时间，整场讲座历时三个小时，讲座结束的时候，老教授的声音都没有一开始那么洪亮有力了。

在散场的时候，钟以梁顺便邀请顾弥声去吃饭。想到学长帮过自己很多忙，自己是应该请他吃一顿饭，顾弥声也就答应下来。

只是到付款的时候，两人僵持着到底谁结账的问题。顾弥声觉得这顿饭应该是她来请，而钟以梁也不好意思让女生请自己吃饭。最后，看顾弥声不付钱不罢休的态度，他只好让了一步，说顾弥声买单的话，他就请她去看电影。

刚好电影院就在他们吃饭的餐厅楼上，于是，两个人才往电影院走去。

　　"阿声，你在哪儿？"
　　"准备去看电影。"
　　"和钟以梁？"
　　应该是顾弥声的错觉，她总觉得程准的声音低了些许。顾弥声看着自己的脚尖，点了点头，等着程准接话。
　　电话那端像是被消音了，半天不见动静。过了好半晌，才响起程准略带疑惑的声音："你刚在干吗？半天没声音？"
　　顾弥声这才意识到自己刚才的点头，对方根本看不到，简直是被自己蠢哭了。她有点不好意思地第一时间看向钟以梁，希望他没注意到自己刚才的举动。然后才移了个位置，她小声地回答程准说："我刚刚点了头。"
　　这句话再次戳中了程准的笑点，他想象了一下顾弥声刚才点头的画面，趴在手机旁边失声大笑起来，他已经很少会笑得这么放肆。
　　陪在一旁的钟以梁，在看到顾弥声刚才无意的卖萌举动之后，脸上也不自觉地泛起微笑。
　　程准不知道自己是哪根筋搭错了，因为他从来没有觉得自己变小得如此是时候。过了半天，他才收住笑声，压低声音说："你来清源湖畔。"

"去那儿干什么，等下看完电影我直接回去了。"

"顾弥声，我又小了。"

怕她身边的钟以梁会听到谈话内容，程准在电话里并没有说太多，甚至也没有直接说"变小"。不过顾弥声还是准确地意识到了程准话里面的重点。

她挂了电话，转头对一直在身边保持沉默的钟以梁说："学长，不好意思，我突然有急事，得先回去了。"

刚才听到顾弥声接电话，钟以梁就已经做好今晚看不了电影的准备了，所以他无所谓地扯了一下嘴角："既然有事就先回去吧。下次我们再一起过来看好了。说好要请你看电影的，不能不作数。"只不过心底有点介意，那边打来电话的人是程准，他在心里默默想着。

顾弥声并不知道他的想法，点头答应后转身跟他一起走出商场。

程准听到门口的动静，小身板立即从沙发上面坐起。下一秒，身上斜挎着包、左手拎着懒猫和猫粮、右手拉着一个行李箱的顾弥声就开门进来了。

"幸亏你家的锁还可以用密码打开，要不然，进不进得了你家大门还是个问题。"懒猫实在是太重，一进门，顾弥声就迫不及待地把懒猫放在地上，瞬间觉得轻松了好多。

在刚才的那通电话里，程准让顾弥声搬到清源河畔来。她考虑了几秒，觉得没什么不方便的，就回去收拾了衣服，带着懒猫一起过来了。

程淮看她累得气喘吁吁的样子，虽然有点心疼，但嘴角的弧线还是显而易见地往上翘。

"来休息一下。"他挥舞着光溜溜的小手臂，拍拍自己身旁的位置。

一天不见，又重新看到了程淮小人儿。顾弥声早上的时候还以为她以后再也没机会看到这么小的程淮，心里还有点小失望。不过这次，他们两个人都没有慌张，毕竟变回来过一次，就证明下次还是可以恢复正常大小的样子。

她噘着嘴，不高兴地问："程淮，你是不是还想着差使我呢？才让你洗了两次碗，你就这么着急讨回来呀？"

话是这么说着，可她还是从背包里面，拿出了几件袖珍的衣服和她硕果仅存的两条红色小内裤，把它们放在沙发上。她双手环胸，骄傲地说："没有我，你可怎么办呀？"

客厅里的灯全被熄了，只留下离沙发不远处的一盏落地台灯，在实木地板上投下一个橘黄色的光圈。顾弥声盘腿坐在沙发上，双手紧紧抱着胸前的大抱枕，刚好让自己的下巴抵在手背上。88寸的液晶电视里正在播放顾弥声追的一部偶像剧，剧情刚好是男女主角在看电影。她身子前倾，背部也已经轻微地弓起，和沙发隔出一条空隙。

　　程准家里的客厅做成了影音房，音响效果堪比电影院，电视里面放出来的声音呈全方位立体混响。顾弥声那时候亲眼看到，他用波动声学的理论和各种公式，计算客厅里面声音混响时候的声波，并且亲自画出设计图、制作了隔断屏风、精心挑选了墙上挂的壁画以及天花板上的灯饰。连遮光窗帘都很有讲究，让物理渣顾弥声看得肃然起敬。

　　穿好衣服坐在顾弥声身边、安静地陪着她看电视的程准突然开口："今天怎么会和你学长去看电影？"

　　沉迷在剧情里面的顾弥声还没反应过来，在大脑将将理清接收到的问题之后才回头，她把目光投向坐在身边的小程准身上。

　　他并没有和她对视，还是刚才那副样子。电视里的画面转换，光影交错，让他精致深邃的面孔也跟着忽明忽暗。顾弥声看不清程准眼里的情绪，但她清楚，他此刻虽然目不转睛地盯着屏幕，却并没有投入半点心神。

　　"一起听完讲座就一起去吃饭，吃完饭就说去看部电影。"顾弥声简单地概括今天下午的活动，还加了自己并没有什么埋怨语气的抱怨，"然后就接到你电话了，我就放学长鸽子，回来照顾你了啊。"

　　说了一大堆话之后，顾弥声也不着急去看电视，反正大不了再看一遍。她调整了自己的坐姿，转身面对程准，问："说起来，我还没仔细问你呢。"

"什么？"程准抬头看她。

"你今天早上是怎么变大的？"

听到她提起这个，程准的脸色稍微有点不自然，耳朵也慢慢地染上一点粉色。他别开头，希望顾弥声看到也不要多想。

电视里正播放主角在电影院里接吻的镜头，顾弥声看到程准红着耳朵把视线转移到一边，还一脸玩笑地拿手去碰了碰他因为缩小更显得可爱小巧的耳垂。

"程准，你演了不少吻戏，居然还这么纯情啊。"

知道顾弥声误会了自己的举动，程准索性也没有多做解释，只是对她后面的那句话有点不满："我一般都是借位而已。"

"别岔开话题，你到底是怎么变回来的？"

这个问题很关键，早上做了什么，等下再复制一遍，看看是不是变身的原因。

程准的眼前，又浮现出早上的场景，那一幕似乎一直清晰地刻在他的脑子里。

雪白细腻的大片肌肤，因为敞开的衣领而暴露在他的视线中。起伏的胸线隐约埋没在衣服里，可还是有一部分露在外面。

程准定了定心神，注视着一脸好奇的顾弥声，插科打诨地希望把这个话题给含糊过去："大概就是，心跳加速吧。"

心跳加速？心跳加速能让他恢复正常？

那么，大早上的，能有什么东西让他心跳加速？

她换了个姿势，靠在沙发上，继续抱着怀里的软枕。右手的大拇指，习惯性地摸起自己光滑的下巴，脑子里还不停地回放早上的场景，好像没有什么能够和"心跳加速"这四个字扯上关系的。

因为右手抬高，衣领不知不觉中往左侧倾斜，慢慢从肩膀滑落。顾弥声随意地往自己的左肩瞥了一眼，立马拉了一下衣服，把领口重新调正。

突然，她的手顿住了。

她早上醒来时睡衣就很松垮，对着镜子抬起右手刷牙的时候，左边的衣领都会掉落，滑到肩膀下，胸口甚至会露出一大片雪白。

转念间，顾弥声脸颊通红，眼神也变得游移不定，她好像知道程淮心跳加速的原因了。

屋内灯光晦暗，电视里男女主角坐在江边的椅子上表白心迹，但顾弥声眼下却没有心思去注意他们到底在说什么。她把抱枕放到一边，弯下身慢慢逼近程淮，为了表达自己现在怒火冲天的情绪，她还刻意半眯起自己的眼睛。都说眼睛小而聚神，她怎么着也得用眼神先去厮杀一番。

"你是不是有点太过分了？"

"你在说什么？"

程淮双手抱胸，像是被电视里面的情节吸引，一副"我听不懂你在讲什么"的样子。

"你早上看到了什么？"顾弥声耐着性子问。

"嗯……"程淮思考了下，看着磨刀霍霍准备听到回答就开始收拾自己的顾弥声，他咧嘴一笑，"以前经常看到的。"

对话没法正常进行了，顾弥声撸起袖子准备去揪他的衣领，却扑了个空。

"虽然只有我们两个人在家，但是阿声，孤男寡女更要注意一些。请不要与我有肢体上的接触。"小程淮利落地滚到沙发边沿，双手交叉抱胸，看起来很严肃地和顾弥声强调。

你能想象一个迷你的小不点，摆出这种表情来吗？顾弥声一直觉得青春年少的自己，暂时还没有母性光辉这种东西。然而，她不得不承认，现在的程淮有点萌。

可眼下，萌也没用。

顾弥声猛地一扑，想趁其不备抓住程淮，正常状态下收拾不了，如今变成小不点难道还不能暴力压制？顾弥声想得有点美，因为她还是没成功逮到程淮。

已经完全适应了变小了的身体的程淮，三两下就灵巧地从沙发上爬下来，动作衔接得流畅自然。要是被哪位武术指导看见，大概会夸他是个天生的动作演员。跑到离顾弥声有段距离的时候，程淮回头："说了让你别动手动脚，我很害羞的。"

“动手动脚和动手打你不是一码事儿。”

“那你打不着。”

顾弥声有点怀疑程淮这次变小的不只是身体，还有他的心理年龄。

两个人在客厅里演着一出你追我赶的戏码，程淮就差没说出"来啊，来啊，你来追我"的玛丽苏台词。可是三十厘米的小人儿还是处于劣势，没一会儿，他就被顾弥声成功抓住。

毕竟，小程淮的腿长拼不过顾弥声。

顾弥声心情大好："wuli 淮淮，我现在就让你体验一下真正的心跳加速是什么感觉。"

接下来，程淮领略了真人版高速旋转大风车是什么感觉。

每天活跃在声声慢微博底下的淮粉们不了解这里面的恩怨情仇，他们只知道，半夜十二点，声声慢的微博又开始更新程淮表情包了。

/Chapter 11/
她是有多无聊才能看完他逗猫的
全部过程。

在程淮家的生活让顾弥声觉得自己差不多是大隐隐于市。即使没有在深山老林，也可以算是处于半隐居状态。基于现在的网购已经发展到，只要你能想到，都可以上网买到的地步，顾弥声和程淮连日常需要的生鲜菜品都靠快递小哥送过来。除了她偶尔去学校和工作室之外，根本不需要出门。

懒癌患者顾弥声对此表示特别满意。

更何况，她这几天一直和程淮同居，全称是共同居住！这几天，顾弥声发给微博营销号关于程淮的爆料更加全面充实、有血有肉。为了避免自己暴露，爆料内容一如既往的真假参半，可淮粉们依旧买账。

无时无刻不关注网络动态的谢行一，看到自己家影帝仍旧在微博热门话题上占据一席之地，他第无数次感慨自己能带程淮真是运气好，就算最近程淮没有出现在公众面前，却还是在网络上被人议论得如火如荼。

程淮天生就是巨星命。

但是，他想不通的是，为什么这个营销号会知道那么多关于程淮的消息？而且还挺让人信服的。

圈内很多其他艺人的团队都以为，这是谢行一让人放出去的消息，还有关系不错的同行跑到他面前来取经。他能说什么？首先你的艺人得是程淮，还是就是你家艺人粉丝里面得有一个声声慢这样子的大拿。

对，声声慢。

几天前，声声慢剪辑了一个视频，标题叫作"这样子的程淮，我给负十分"。

十几分钟的视频，收罗了程淮进娱乐圈之后拍的所有影视剧和被记者采访的片段。当年的程淮，容貌稚嫩青涩，在话筒面前也是一副有别于他年纪那般淡然处事的模样，可每每回答记者的问题时，总是坦诚直白得让所有人都吓一跳。

"你为什么会进娱乐圈？"

"导演答应给的片酬比我去打工要多得多。"很诚实，服。

"你认为不是科班出身的你，和同期的北电、中戏毕业的小生们相比有什么优势吗？"

"我刚入圈，还不太了解你口中的其他人，暂时不能做出比较。"答题前，他还皱着眉头思考了很久，透过屏幕都能感觉到他回答问题的态度有多诚恳。

"你对你饰演的角色了解最深的一点是？"

"和我差不多年纪。"所以，导演才从最后几名候选人中选出了他。

"感谢你接受我们的采访。"

"应该是我谢谢你们愿意采访我。"那时候的程淮，还是没有任何作品的新人，本不会有媒体注意到他。

视频里面的弹幕几乎把所有画面全都遮挡住，可想而知有多少人在看这个短片。

谢行一随便瞄一眼就能看到"我淮 real 耿直""记者们都慌了""声大又傲娇，我给淮哥打一百分""分享一个不按套路出牌的程淮""微博观光团，已经被圈成路人粉""没想到程淮是这样子的影帝"……的留言。

于是，暂时不在江湖飘的程影帝，只靠一个小短片又圈了一拨粉丝。

程淮的宣传团队哭晕在工作室，感觉自己没有用武之地了，有点愧对他们每个月的高薪。而谢行一，已经对"高手在民间"这句话坚信不疑了。

谢行一麻溜地点开微博，给声声慢发送一条私信："你真的没兴趣成为程淮宣传团队的编外人员吗？我们工作室永远欢迎你！待遇你说，我都给！"

21世纪什么最贵？人才！

而被谢行一当作人才的顾弥声撇撇嘴，关掉私信，再次对大家"情人眼里出西施"的审美表示不满。她只是想给程淮的形象抹点黑，怎么就这么难？做了这么久的淮黑，但是从来没有成功过，她还怎么挺胸抬头做一个黑粉？

因为这个短片的话题度很高，被一个又一个微博营销大 V 转发，连带着关于程淮的其他消息也在微博上广为流传，引发了诸多热门话题。而在这些激烈的讨论中，淮粉们慢慢地把话题重心，转移到"程淮现在在哪里"的问题上。

每个艺人对外都会有一份行程表，有些是艺人团队直接在网上公布行程，有些是工作室透露给高层粉丝，剩下的大部分是粉丝从各种通稿里面整理出来的。

先不管是哪一种，目前程淮对外的行程表从他接了一份杂志专访之后，就一片空白。蹲守在物理学院的，驻 Z 大分部的程淮粉丝成员也报告说，没有在学校里看到程淮的踪影。物理学院院长每天上课都在痛心疾首，原本应该在物理学术界大放异彩的程淮怎么就跑去做演员了？

哪家艺人会像程淮这么任性？

就算是影帝，也不能消失得这么彻底呀。

淮粉们起先还在程淮微博留言，有理有据地推测他是不是接了什么暂时需要保密的电影、参加哪个去深山老林里面的综艺或者是去国外拍广告了。碍于程淮的微博基本上处于常年不更新的状态，最后所有人浩浩荡荡地转移到谢行一的微博底下留言，全都是问他把程淮藏哪里了。

时刻掌握粉丝动态的谢行一坚决不背这个黑锅，他在评论里随意回复一名淮粉："程老板说要给自己放假，于是他就给自己放了一个月的假。工资靠他发的我们有什么办法？！"

他也没想到，程淮说的这个假期，连路拍的机会都不留给大家。

所以，淮粉们最大的愿望就是集资买下程淮工作室，起码不能让他这么任性地消失一个月。

傍晚雨后初晴，天空被一整天的细雨冲刷得干净湛蓝，云朵层层堆积在碧蓝色的天幕中，被光线晕染成深浅不一的蓝白两色。顾弥声整个人缩在二楼阳台一角的藤编秋千椅上，脸上敷着用自己的劳力从程淮那里换来的面膜。

这些面膜都是他代言的国际品牌。作为这个品牌的亚洲代言人，程淮隔三岔五就能收到商家送的礼品。最近接收到的快递是一整

箱面膜和日常护肤品。程准看都没看一眼就说送给顾弥声，算是
犒劳她这段时间的辛苦。

看在面膜的份上，声声慢的微博难得地安静了几天。

顾弥声怀里塞着一个抱枕，双手捧着一本《刘毅10000》单词书，
准备识记六级英语考试的单词。轻柔的晚风吹得脚踝边的裙摆微
微晃动，裙边不停地擦着脚背上的皮肤，痒得她脚趾都蜷缩起来。
顾弥声极力克制自己，尽量不出现任何因为痒意而变化的表情。

敷面膜的第一奥义是，必须要面瘫。

她合上书本，调整坐姿，轻轻撩起裙子，把它绷直压在脚下。
做完这些，她透过敞开的落地玻璃窗，望进书房。屋里所有的灯
全被打开，比外面的天色还亮眼。程准在这一室镏金光芒中，身穿
一套顾弥声从网上买的斜襟汉服，盘腿坐在书房正中的小茶几上。
他面前蹲坐着一只敦实肥胖的白色狮子猫，它正仰头望向他。

自从那一天程准和懒猫单独待了一下午，这只猫就没有半点喵
星人的傲骨，在程准面前乖得像只忠犬。从来没有得到懒猫好脸
色的顾弥声，特地在和苏晓语音聊天的时候，添油加醋地告诉她
这个事情。然而八卦神经天生很敏感的苏晓并没有在第一时间纠
结这个问题，而是很惊讶地问："听上去，你和程准同居了？"

……

"麻烦你把焦点放在，你苏晓——懒猫正宗金大腿，待遇还不如程淮这件事情上，好吗？"

"不好。作为铲屎官，我只奢望懒猫屈尊纡贵地看我一眼，待遇什么的完全不在我的考虑范围内。"苏晓没把顾弥声的挑拨放在心上，她重新把焦点放在正确的地方，"你不觉得你无意中暴露的事情更值得我们探讨吗？顾弥声，你和程淮同居啦？"

"我只是就近来照顾他，他身体不舒服！"顾弥声扶额。

"就近是有多近？"

"住在一个屋檐下，满意吗？"

"难道你们没有睡在一间房？"

……

为什么我要那么多嘴？

忍不住思考起这个问题的顾弥声果断地摁下通话结束键，就当是手机突然没电了。

回想起自己那天被苏晓逼问得连连败退到用关机来逃避，顾弥声有点啼笑皆非。明明知道苏晓对于八卦是"垂死病中惊坐起"的状态，还要去撩她。这么看来，自己这么做也算是自虐。

余光中，她看到程淮挑高眉，嘴角弧度不断加深，明摆着一副要做坏事的模样。

果然，程淮熟练地从身后拿出一撮猫薄荷粉，冲着懒猫的方向撒出。毫无防备的懒猫嗅到猫薄荷的味道后，眼睛慢慢失去焦距，四肢无力地趴着，然后翻身开始在地板上打滚，以它的身形看上去像是在油里炸得膨胀的麻花。

猫薄荷对懒猫有十来分钟的效用，而程淮也一直围观懒猫像是醉酒后的姿态，动不动就笑倒在茶几上。

所以说，顾弥声怀疑程淮的心理年龄变小，是合理的。

旁观了整个过程的顾弥声在想，她是有多无聊才能看完他逗猫的全部过程。花这个工夫背单词，估计六级都能提高三分！

好好学习的顾弥声，打算等下多背几个单词来弥补刚才的走神。

不过这个决心不能如愿实现了。她刚一扭头，注意力又被一个离阳台将近两米、正飞在低空中的东西吸引。

那物体看上去有点像是昆虫模型，四周延伸出六个支架，每个支架上面安着一个小螺旋桨，看上去像是爬虫类生物的几只腿。底下还有四个脚架，估计是在降落的时候会用到它们。

听说这个小区的人差不多都是土豪阶级，想到这里，顾弥声有些了然。有钱人就是不一样，连玩个遥控飞机都这么高级。她立起腰板，希望能够再凑近一点，看清楚土豪的玩具模型。

这一看，就发现了一丝异样。

敷着面膜的顾弥声一定不知道现在她眉头轻锁、歪着头眯起眼睛盯着遥控飞机的底部仔细观察的样子，已经被拍了下来——飞行器四个脚架中间有一个袖珍摄像头！

见过世面的顾弥声第一时间想到，难道这个就是传说中的航拍仪？

这年头，娱记们都玩得这么高级了？！

顾弥声忍不住回头同情了程淮几秒钟。不是每个人都能成为受人追捧的大明星，也不是每个踏入这个行业的人都能忍受时时刻刻被曝光隐私的生活。

她相信程淮早在成为一个演员的时候，就做好心理准备，也一直放任别人对他私人生活的窥探。但是，现在这样子娇小的程淮绝对不能暴露呀！

一想到这里，顾弥声迅速举起右臂往后扬，奋力地把手中的单词书对准越飞越近的航拍仪，狠狠砸去。

"啪嗒"一声，被人操控的航拍飞行器潇洒地横尸在小院子的草坪上。

大概遥控这架航拍仪的人，也没想到仪器会这样子毁在顾弥声的手里。

顾弥声的心里涌上一点小自豪。体育达标测试中的扔铅球项目，她都没这么用力过。

"阿声，你有什么想不开的，也别拿书撒气啊。"身后程淮的声音穿过玻璃窗，传入顾弥声的耳朵里。

他对外的所有视线都被顾弥声挡住，所以也只能看到她把书本投掷出去的画面。

看来身后的人还不知道刚才是谁拯救了他，顾弥声眉眼间流露出得意的神色，举手投足间就在心里打好了腹稿，准备等下就用她获奖的演讲水平，好好和程准强调一下自己的敏锐和机智。

进屋之前，目光所及之处是再也飞不起来的航拍仪和在它附近的小泥坑里、内页已经被泥水沾湿的单词书，顾弥声痛心地摇了摇头。

啧，可惜了这本《刘毅10000》，她才刚背几页。

进了屋，顾弥声特地拉上了遮光窗帘，一丝缝隙都不留。

程准看她这副样子有点好笑，敷着面膜，畏畏缩缩，像是要进他家偷东西的蒙面小偷。

"你到底要做什么？"

顾弥声随手撕下面膜，扔在垃圾桶里。打开书房大门的瞬间，她还回头卖了一个关子："等下你就知道了。"

门口已经没了顾弥声的身影，程准看向躲在书桌底部的懒猫。它把自己隐藏在阴影里，双眼戒备地注意程准的一举一动。

"你怎么能这么傻？"

也不知道这句话是在说懒猫，还是在说不知道去哪里的顾弥声。

过了几分钟，外面的木质地板被人踩得噔噔作响，听上去有种气吞山河的气势。程淮重新把视线放在门口，下一秒，大门霍然被人打开。

"你知道你刚才差点出事了吗？"

声音里还带着刚才一路跑来的冲动，显得急促又强势，顾弥声连续深吸几口气，努力调整气息，又换上一副高深莫测的模样。

程淮看到她脸上故意做出来的傲慢表情，颇有些玩味地摇头："不知道。"

"我刚刚亲眼看到了一架航拍仪。"为了衬托一下气氛，抛出这句话之后，顾弥声就选择闭嘴。

她看到程淮脸上的笑容一下子消散得无影无踪，显然他也清楚这件事情的严重性。

顾弥声接着说："嘿嘿，还有一个转折——我把它打下来了！"

她走进书房，一只手把一直藏在身后的航拍仪……的残骸放在了小茶几上，另一只手拿着的是已经"牺牲"的单词书。

"不过话说回来，程淮，那个人真是有钱，航拍仪挺贵的吧？看样子还挺高级的，可惜了，被我一书本拍到地上了。"

解放了双手的她说得眉飞色舞，说到激动处还比画了一下刚才击落航拍仪的姿势给程淮看。

程淮看到顾弥声扬扬得意的嘚瑟样子，心里生出一股想拍拍她脑袋的冲动。然而在看到他自己的小手时，这个念头转瞬间被放弃。

"你看，它像不像蜘蛛？如果蜘蛛是六条腿的话。"还好草坪柔软，没有对航拍仪造成太大的伤害。顾弥声刚才把它拿到手后，第一件事情就是找开关按钮。

她一屁股坐到地上，拿出手机在网上搜索航拍仪。小市民心理的她，抱着能侥幸找到相同型号的想法，看一下这架被她弄坏的航拍仪价格。

"你知道这是谁做的吗？你会发律师函给这些娱记吗？"顾弥声眼睛盯着屏幕，仍然不忘八卦自己关心的问题。

"应该不是他们做的。"

"那是……"

"我的粉丝啊。"

说起这个，程淮其实也很无奈。公众人物隐私权，一直是一个比较模糊的概念。他可以接受自己的信息半公开化，但不希望连私生活也被暴露在大众面前。这么多年，媒体也知道程淮不喜欢炒作，私生活干净单调，所以不会有记者专门拿航拍仪来偷拍他。

而唯一有可能这么做的，是无时无刻都想知道他在做什么的，粉丝。

顾弥声难得安静下来，整个空间都变得静谧起来。就算看不见她对着手机在做什么，凭借打小对她的了解，程淮也大概能猜到手机屏幕上的内容是什么。

他挪了点位置让自己正对着顾弥声。他手肘撑在大腿上，双手托腮，放松地等待顾弥声查询的结果。如果没查到，她自然就会放弃。

　　"我跟你说，这里有个看起来差不多的。"顾弥声紧紧盯着手机淘宝上显示的价格，心里越来越沉痛。航拍仪的价格不一，小到两三百，大到上千上万都有。而喜欢程准的土豪粉丝，买的也许是标价两万多的航拍仪。

　　"贵吗？"其实看她那副心疼的表情，程准也知道它的价格便宜不到哪儿去。

　　"如果以我的消费标准来看，很贵啊。"而且，网上多的是几百块钱一架的，偏偏已经寿终正寝的那架是上万元的价格。

　　"可能拍我需要高清摄像头吧。"其实也还划算，拍到他一段独家视频，放在网上曝光，会有媒体来买原视频的使用权，光这个就可以买好多航拍仪了。

　　程准敛了敛心神，决定先做一件正经事。

　　他对顾弥声说："阿声，来帮我拍个视频。"

　　"什么？"

　　"这种仪器通常都是随拍随传的。我们不确定那边到底拍到了什么画面，只能先发制人地把所有危害降到最低。"

　　"那要怎么拍？"

/Chapter 12/

这样子的程淮不能更可爱。

一个小时后，已经消失在公众视线中五天零七个小时的程淮，在他几乎常年没动静的微博中，悄无声息地发了一张照片。

程淮V：分享一只被人提溜着的程小淮。[附图]

图片上是一个身穿斜襟汉服的程淮，他被人拎着后衣领，挂在半空中。他调控着身体，琥珀色的眼珠直视镜头。灯光照进他的眼睛里，像是隐藏在浩瀚宇宙中的星河点点。

程淮目光里的温度，就算是隔着电脑屏幕，也依然烫进每个人的心里。

乍一看这张图也没什么特别之处，但是从他的美照里回过神的粉丝们突然发现，被拎着的程淮相对照片里的背景来说，实在是袖珍。

还没等大家继续去探究，程淮的微博再次发布了一段小视频。

今天是什么特别纪念日吗？还是程淮经历了什么让他值得庆祝的事情？反正不管怎么说，对于淮粉，现在不亚于过年的喜庆时刻。

视频里面，一个大概30厘米高的小程淮，陷在柔软的沙发里，周围的一切对他来说都是庞然大物。他一只手扶着靠背，努力地保持平衡。突然间，他被一只大手拎起衣领，整个人一下子被带到半空中。程淮手脚扑腾着想挣脱后衣领的束缚，可一切挣扎都是徒劳。

然后，千万名淮粉看到，提溜着小程淮衣服的那两根纤细手指轻轻松开，没有半分自由的程淮立即完美地落在早就垫在沙发上的抱枕中心。因为抱枕自带弹性，此刻它就像是蹦床。程淮借着落下产生的势能，在双脚接触抱枕的时候，再次蹦向空中，还做了一个后空翻。

视频的最后，小程淮的头发被汗水打湿，脸也红通通一片，煞是可爱。他对着镜头露出大白牙的笑容，挥手做了一个"再见"的口型，至此，整个短片结束。

这样子的程淮简直不能更可爱了。

一下子，这个视频底下的评论区就被前赴后继的迷妹们占领。迷妹们并不像考究党那样分析视频的每一处细节，她们的直观反映就是"wuli淮淮好可爱""老公今天虽然只有30厘米，可我还是想要嫁给你""最后的笑容，大写的苏"……

不过，更多的人关心的问题是——"这是什么黑科技？"

许多人都推测，这大概是谢行一帮程淮接的 APP 广告。好吧，这样子的广告，只要有程淮出镜，每天轮番播十几条，大家也喜闻乐见。只是，等了半天，根本没有哪家公司出来说明这是自家研发的软件可以做成的效果。

与此同时，很多电脑大触都发微博科普，到底怎么操作电脑程序才能达到视频中的小人效果。一时之间，所有人被科普帖说服，都倾向于这是电脑科技的特效制作。

这两条微博的后遗症是，程淮再次引领了网络的新潮流。网友们开始发起了"程淮体"照片，集体把自己 P 成 30 厘米的小人儿模样。

"喂喂喂，好夸张啊，程淮，刚刚发的微博，评论一下子就过万了。"顾弥声在视频发出去之后就特别关注程淮微博底下收到的评论。然而，手机因为突然接收太多回复而被卡得闪退。等她再次登录进来，就发现已经有一万多条评论的提醒。

程淮平躺在沙发上，目光直视天花板，眼睛里没有任何波澜起伏，不知道是在放空还是在等待。听到顾弥声的声音，他才扭过头，语气自然平淡："这不是正常的吗？"

什么时候，这已经是一件稀松平常的事情了？

也许是从他的得失心都不是太强烈的那一刻起。

程淮从来没有过多地去关注这些对他来说高人气的直观反映。他不是网瘾少年，所知道的最新消息都是由谢行一第一时间告诉他，所以也不用时刻关注网上的动态。

入行最初，他觉得赚钱最重要。后来手头宽裕了之后，全心全意演好戏变成最重要的事情。总而言之，做好本分，该有的自然就有了。

"对对对，你说什么都是对的。"

"听上去，你有些不服气？"

"并没有。"她又不傻，怎么可能在人气这个问题上和他较真？

只是单纯看不惯他，是顾弥声日常的态度。

掌心里的手机伴随着来电铃声，自动切换到了来电显示的界面。顾弥声特别感谢谢行一在这个时候的出手相救，像是扔掉一个烫手山芋，她接通电话之后，迅速地把手机放在程淮身旁的沙发上。

"Hey bro！"

"Hey man！"程淮的声音，懒散地通过无线电波传送出去。

"你的'程淮体'到底是怎么弄的？我也要玩。"

"你打过来就是问这个？"

"那我还能问什么？"

谢行一觉得自己这个专属经纪人当得甚是舒心。程淮是绯闻绝缘体，业内金字塔尖的演员，资源方面不需要他们自己争取。更何况，有颜值、有演技，自带话题属性，不担心在观众中的热度。这样子的演员，是每一位导演和制片心中的首选。

程淮嘴角又浮起一丝笑容，轻飘飘地下了一个套："你是不是有点无聊？"

"有点。"谢行一没有意识到任何不妥，"你快说说你是怎么弄的，我还等着给别人解密呢。哦，对了，谁给你拍的视频？阿声吗？"

"那就好。等下让你忙起来的时候，我也不会太过意不去了。"

谢行一隐约感觉到不太妙，忙问："什么意思？"

回答他的不是程淮，而是一个清脆的女声："程淮，你粉丝真的在微博上发出来了！"

"开始做事吧，一哥。"

毫不知情的谢行一在被挂掉电话之后仍然一头雾水，只能靠着顾弥声刚才的提示，点开新浪微博。

航拍仪被坠毁的粉丝，截取出一段之前实时同步到电脑上的画面，PO 到了微博上。可能也是被之前程淮放出去的视频误导，所以画面里，并没有出现小程淮。

网友们所有的重点，全都放在了坐在程淮私宅二楼阳台的、敷着面膜的顾弥声身上。从她坐在藤编秋千椅上背单词到发现航拍仪，再到最后扬起单词书往摄像头上面砸的过程，一共两分多钟的视频。

"凭什么我又无辜躺枪？！"

搞清楚好吗！我又不是需要新闻爆点的明星，为什么又把焦点放在我的身上？！

顾弥声坐在沙发前的地板上，和程淮一起看完了整个短片之后，不自觉地嘟起嘴巴，委屈地扭头看向程淮。

"所有不能用道理来讲通的问题，我们都把它归结到运气或者是人品上。"看到顾弥声的表情，程淮勉强地控制住自己，没有把心里所想的这句话说出口。

他伸出小手，摸了摸顾弥声的后脑勺。

嗯，以他现在这个身高，摸顾弥声的头顶还是有点困难的。

摸头杀是撩妹神器，这句话顾弥声强烈赞同。

虽然程淮现在的小手只有那么一点点大，隔着她的长发覆盖在她后脑勺的范围也只有一小块地方。可她明显能够感觉到那块地方的温度经过皮肤、头骨、血管，传递到全身的每一处。像是一棵蛰伏了漫长岁月，在乍暖还寒的早春、在清雾弥漫的凌晨，霍然盛开成满树绯红的樱花树。

"嘭！"

春意闹心头。

程淮实在是狡诈，不动声色地就可以转移她的所有情绪。顾弥声有点讨厌自己的不争气，把身子前倾，远离程淮的触碰。后脑勺的温度骤然离去，心里变得有点空落落。似乎想要逃避这种落差，顾弥声竭力地把混沌的思绪转移到微博上。

"还好我在敷面膜，倒是没有让大家看到我的样子，要不然我连学校都不能去了。"她碎碎念，给自己找了一个台阶。

程淮收回落空的右手，不在意地笑了一下。对于顾弥声的小情绪，他连自己都不知道他对她的包容底线在哪里。算起来，这也许是从懂事以来就培养的习惯。

土豪粉丝发布的视频开始在淮粉的圈子里传播开来，有些嗅觉敏锐的微博营销号开始转发并调动粉丝的情绪。

大部分人从程淮发的两条微博里面，就已经注意到顾弥声的存在。比如，拎着程淮衣领的那只手，骨骼纤细，一看就不是男人的手。但是，世界无奇不有，比女生的手长得好看的男性多了去，难免没有意外。

当这个视频出现之后，所有人才肯定，小鲜肉影帝程淮，似乎真的有情况。

于是，网友们兵分两路，一拨人轰轰烈烈地在程淮微博底下刷："这个敷面膜的女人是谁啊？""为什么有女人会敷着面膜出现在我老公的家里，我的老公出轨了，怎么办？""我先说，我只能接受这个女人是我婆婆的答案。"

而另一拨人仍然留在博主的微博下面，要求看完整版视频，询问视频的出处。

程淮工作室的公关团队都被谢行一叫回去加班了。桌子边上是他振动得没完没了的工作手机，再远一点，几部对外联系的座机也在此起彼伏地响着。

谢行一一边在那位土豪粉丝的微博底下浏览舆论走向，一边再次拨通程淮的电话："那位博主怎么拍到阿声在你家的视频？"

"拿航拍仪。"

"哇呜，时代在进步，粉丝拿出手的东西也越来越先进啊。"谢行一发自肺腑地赞叹了一下，继续问，"那航拍仪呢？"

"被阿声给砸下来了。"

"……"他是该夸顾弥声准头好，还是夸她力气大呢？

程淮像是没有注意到谢行一忽然的停顿，继续在电话那头交代情况："应该只是拍到了她敷面膜的画面，并没有拍到阿声正脸。航拍仪现在在我这里，到时候再把钱还给人家。"

"所以，我能问个问题吗？"

"问。"

"阿声为什么会在你家敷面膜？"

"……"

程淮顿了一秒，在确定自己不能马上找到合适的回答去应对这个问题之后，说："这是我们现在要抽空关注的问题吗？"

谢行一有点不懂："难道，我们还需要应对其他问题？"

"你能在八卦之前，先把粉丝偷拍的这种风气，扼杀到摇篮里吗？"

"好的，老板！明白了，老板！"

谢行一往回翻博主的回复，果真看到她发的一条回复评论说："我用航拍仪拍的，被那女人用东西砸坏了。估计拿不回来了，可惜我的两万多块钱，第一次用就寿终正寝了。"

不管用不用得到，反正先截图存证。

他让公关团队注意网上各个平台针对这件事情的动静，防止有人趁机踩一脚。然后又让专门的应急文员撰写工作室对于粉丝非法偷拍程淮的谴责通稿。

此时，网友们好像是看到了博主的这段话，开始在原 PO 底下一边倒地批评她侵犯了程淮的隐私。

程淮工作室的蓝 V 账号也接连发了两条微博。

程老板工作室 V：*程老板刚才在电话里说，航拍仪落在他的院子里，他就收下了，钱会折现原价还给那位小姐的。请放心。*

除此之外，还有一条微博是工作室的声明。

透过一系列的官方用语看本质，大意是说：如果在平时的公共场合下，程淮愿意接受舆论的监督。但是涉及个人隐私问题，希望大家能够尊重他，给他一定的空间。这一次的事情只当是警告，下一次如果再有偷拍事件，无论对象是谁，一定会奉上一封律师函。

声明出来之后，除了一些人留言说要路人转黑，评论下的大部分淮粉都能理解支持。既然航拍仪落在了程淮家的院子里，那就表示已经非法入侵了私人住宅。虽然公众人物的隐私权界限模糊，但用航拍飞行器偷拍的这个做法还是引起了大家的强烈不满。

网上闹得天翻地覆，却也没有影响到房间里的宁静气氛。顾弥声双手环膝，下巴抵在膝盖上。她挡住身后程淮的目光，偷偷登录了"声声慢"的微博。这个账号已经有八十多万粉丝，在各家的饭圈中间，已经算得上是领军的大 V 了。鉴于今天发生的事情，很多人都跑来问她怎么看。

还能怎么看？

敷着面膜的顾弥声，简直是上天保佑三生有幸。她下次回老家，一定要跟着老妈去寺庙里诚心地给佛祖多磕几个头。

她用"声声慢"的微博转发了偷拍粉丝的那条微博，很高冷地留下了一句话：你比我这个黑粉还不如。

虽然顾弥声是因为专门剪出了自己的画面而转发这条微博，但语气上听起来，更像是顾弥声在为程淮出气。

这是"声声慢"第一次亲口说出"黑粉"的字眼，她的关注者们全都被炸出来了。

"声大，黑粉也是粉，你也是我们淮粉中的一员啊！"

"别谦虚，你这样子的黑粉，谁都比不上！"

"我家偶像又懒又丑还幼稚，极力邀请声大来做我爱豆的黑粉！"

"以声大为标杆，以后黑粉的素质要达标了，才能自称是黑粉。"

"突然，我有点不明白黑粉的定义了。"

其实顾弥声也不是很能理解这些人的脑回路。顾弥声笑得没力气多说什么，她又重新发了一条微博。

声声慢V：对方不想和你们说话，并扔下了一个黑人疑问脸的程淮。[程淮疑问脸·jpg]

"给我看看，你在笑什么？"程淮忽略了满屏幕询问"视频中的女生到底是谁"的评论，把视线转移到一旁的顾弥声身上。该解决的事情，他都交给了谢行一。懒猫还记着猫薄荷的事情，躲得远远的。程淮无聊得什么事都想掺一脚。

顾弥声当作没听见，仍然埋首玩手机。

见状，程淮站起身子，踩着沙发沿，往上蹦跶了几下，但是体形微小，连弹跳起来的高度，都不能让他的视线完美地落在顾弥声的手机上。

"你要是摔下来的话，这辈子我都拿这事来嘲笑你了。"

"那你给我看看，你在笑什么？"

顾弥声顾左右而言他："大男生这么八卦，很招人烦的。"

"喜欢我的人太多了，招点烦中和一下刚好。"

这样子的程淮，真是一点都不讨人喜欢，顾弥声心想。

她起身把角落里的懒猫抱出书房，准备去自己睡的客房里，给苏晓看看今天的懒猫。

程淮最终还是不知道顾弥声在看什么，并不是他不想去问，而是又被谢行一打断了。

已经处理好所有事情的谢行一，还是不能替程淮对外回答视频中出现的女生是谁的问题。再加上，粉丝偷拍侵犯明星隐私，在娱乐圈中算是一次很有代表性的事件，而程淮工作室的应对也有很多值得采访的新闻点。于是，各个电视台的访谈节目，还有网络上的直播室都发来邀请，谢行一考虑了一下，在这么多的邀约中，答应了国家电视台的电影频道节目组。

在挂断那边的电话之后，他立刻回头来通知程淮。

"这么说，你给我接行程了？"

"对，趁热打铁，明天早上我们就去直播。国家台那边都给你空出演播室了。"

"你都没问我明天有没有时间。"程淮有点无奈。

"淮哥，我们讲点道理，你一个放假的人，除了有时间，还能有什么？"

一时之间，程淮竟找不出正当理由来驳回。程淮难得地被噎了一下，憋屈地默认自己明天的行程。

　　谢行一明白程淮答应了之后，立马说到第二个问题："媒体朋友们都来打听你和阿声之间的关系。既然都被别人拍到她在你家敷面膜了，你就干脆承认你和她目前正在交往吧。"

　　现在所有人都觉得程淮和视频中的女生在交往。一名妙龄女生，在独居男性家里敷面膜，除了两个人正交往中，也想不出其他可能性了。这个时候，如果程淮还说自己是单身，难免会给大家留下"不诚恳"的印象，以后也不会信任程淮其他的回答。

　　所以，不管程淮是不是真的在和顾弥声交往，谢行一都要提醒程淮，先承认正在交往这件事情。

　　"嗯，我懂得。"

　　"那你和阿声到底……"

　　"还没有。"

　　"还？"不容易啊，这么长时间，他终于逮到了程淮露出来的小尾巴。

　　"以后的事谁说得准？就目前而言，说'还没有'这三个字，是学物理人士一贯严谨的表现。"

　　"听你扯。"自认为得到答案的谢行一，潇洒地挂断了电话。

/Chapter 13/
还忙否？和阿声交往否？中午吃
饭否？

　　窗外已然全黑，树影森然，皓洁的弯月挂在空中，偶尔会被几
缕薄云遮住清辉。顾弥声躺在席梦思大床上，抱着肥肥的懒猫，
和苏晓视频。

　　"顾弥声，你和程淮到底怎么回事？上次你还挂断了我的电
话。"

　　"我不是一直住在程淮家的吗？Z大对面小区的那套房子也
是他的。"

　　"你少给我插科打诨。"

　　"来，懒猫，和你妈妈打个招呼。"顾弥声没有在意，拉着懒
猫的肉掌，朝着镜头随意挥了几下。

　　"虽然我人在日本，但是我一直关注你们的。"

　　顾弥声再次没有接苏晓的梗，只是转移话题说："你怎么还在

日本？"

"我多玩几天不行啊，反正懒猫有你带着。"

"反正又不是花我的钱，我能有什么不乐意？"

苏晓重新回到想要八卦的问题上来："所以呢，你们在交往吗？"

"没有啦，真的只是就近照顾而已。你也不想想，我和他从小的交情，他生病了，我能不来照顾吗？"

"听起来似乎很有道理。"

顾弥声把手机切换成后置摄像头，在房间里面转了一圈后，继续和苏晓视频："你看到了吧，我是睡客房的。"

"这话说得，你好像是想睡到主卧去？"

程淮的声音突兀地在房间里响起，顾弥声吓得立马切断了视频。

"你怎么一声不吭就进来了？"

"因为你没关好房门啊。"如果门关得严实，以他现在的小身板，怎么可能开得了门？

等顾弥声把他拎到床上之后，他才说出自己过来的原因："我明天早上有一个电视访谈的行程。"

顾弥声点头。

"我要在节目上，承认我们正在交往。"

顾弥声正准备点头，脑子这时才突然反应过来，她诧异地问了一句："什么？"她惊讶得有些破音，想也知道是有多震惊。

程淮故意只说这一点，憋着笑，面不改色地欣赏顾弥声的惊慌失措，继续说道："承认和你交往。开心吗？"

"开心个鬼啊。"顾弥声暂时有点不能接受。因为满脑子都是"我以后还怎么出门"的想法，她根本没发现程淮的异样。

她抱着来不及逃下床的懒猫，自怨自艾地小声念叨："为什么要承认？一般这种新闻不是冷处理就好了吗？你这样子，会失去你的粉丝的。"

嘴角的弧度再也压制不住，程淮轰然笑出声，像是卸掉了全身力气，整个人陷在柔软的床垫中。

"你着急起来的样子还和以前一样。"

她一着急一生气，就喜欢小声咕哝。程淮以前每次都会坐在旁边听她碎碎念，直到她把憋着的烦心事全都倾吐完毕。

"我会对外说，我正在和你交往，但不会公布你的身份，只说是圈外人士。幸亏那时候你在敷面膜，要不然你就真的暴露在大家的眼皮底下了。"

其实也不是非得是顾弥声，只要随便胡诌出来一个人，恰好那天在程淮家敷面膜就可以。可他还是用了"你"字，仿佛就认定了顾弥声来担这个名分一样。

听到程淮的解释之后，顾弥声这才放下心来。想到之前他故意误导让自己着急，她再次随意地拎起程淮，也不管他头朝地会不会血液逆流冲到脑子里去，熟门熟路地走进主卧室里的浴室，放了一池子的水，然后从空中把他投进去。

洗漱间里水汽氤氲，天花板上的暖灯让小房间里的气氛充满燥热。墙壁上模糊的镜子被顾弥声随意一抹，露出光可鉴人的镜面。程淮被随意地放在洗手池上，下一秒，吹风机被调到最大风，然后移到他的脑袋边上。强劲的风力，让他有种错觉，以为这是12级台风来袭。

"阿声，我的头发干了。"

真的，已经干了。人变小了，连头发也只需要一下子就可以马上被吹干。程淮的手使劲按在洗手台的花岗石上，以便固定自己的身形，不被大风吹走。

风声太噪，顾弥声没听清程淮说了什么。她把吹风机关上，刹那间，像是这个世界上的所有声音都被摒弃，洗漱室重归寂静。

"你刚有在说什么吗，我没听见。"

程淮摸了摸自己的头发："我头发干了。再吹下去，我要掉到地上了。"

"那你有没有体会到久违的心跳加速？"顾弥声眼里满是调笑的光彩。

刚刚是有目的地报复他对自己开的玩笑，但也确实是在为明天的访谈节目做准备。顾弥声想到上次程淮说他恢复的原因，可能需要心跳加速。于是，想整蛊他，让他能够再次紧张起来。

"不早了，先睡吧。"程淮心有余悸，决定让顾弥声冷静一晚上，"就算是现在能够变回来，也不确保持续的时间能挨到明天访谈结束。"

如果明天早上还是不能成功变身的话，那他人生中的第一次耍大牌，只能献给国家台了，希望到时候不要被封杀。

清晨的初阳从地平面上平缓升起，窗外的世界重新充满鲜活的气息。主卧里，遮光窗帘留有一丝缝隙，影影绰绰只能看到屋里摆设的大概轮廓。顾弥声端着简单的牛奶鸡蛋，打开卧室的房门，慢慢从门外进来。

两米宽的大床中央，有一个几乎看不见的突起小点。顾弥声把东西放在床头柜上，掀开蚕丝被，轻轻推了下程淮，然后走到窗边，大力地把窗帘往两边拨开。

耀眼的光照在身上，程淮用手遮住眼睛，过了一会儿，才适应房间里的光线。他哑着嗓子问顾弥声："怎么起得这么早？"

"因为要留出时间尝试各种方法，让你顺利变回来。"顾弥声元气满满。

昨天晚上辗转反侧，她在脑海里考虑了如何让程淮变身成功的几十种方法。要是实在不行，也还有最后一个杀手锏。

她托起程淮，带他去浴室洗漱。趁他还没做好心理准备，就把他扔向高空。

等程准再次落回到她合拢的掌心之后，顾弥声看到的是眉头紧锁、脸色煞白的程准，瞬间，她的心里满满的都是愧疚和不安。

他不会是生气了吧？看他的脸色前所未有的差。

"对不起啊，"顾弥声小声道歉，"我……只是……想让你变回来。"

程准在这一刻十分庆幸自己没有心脏病，要不然肯定会被吓出个好歹来。他没有立刻回应，还未缓过神来，有那么一刻他感觉体内所有的器官都脱离了原位，现在，他需要耗费全部精力去还原。

"顾弥声。"看吧，程准开始叫她全名了。

注意到程准的称呼，顾弥声心情低落。

"答应我，把类似这种刺激的方法全都剔除掉，好吗？"

再不提出要求，他迟早会在顾弥声的手底下英年早逝。

似乎是察觉到她的不安，程准把手放在她的手腕上，说："那我们来继续尝试其他办法吧。"

他说过的，对顾弥声，他所有的脾气都安分地待在身体里。似乎她从来就不可能，会是点燃这桶炸药的火把。

顾弥声难得乖巧地点头，却十分心虚。怎么办？她所有的办法就是出其不意，惊险到让人肾上激素猛增，再融入血液循环里，促进糖原分解并使血糖升高，加速脂肪分解，从而引起心跳加速。

你看，让一个文科生熟记生物知识，想出这么多有理有据的方法来，足可见她做过多少功课。

可是，再多的功课，也不适用于程淮。

在试过让程淮在跑步机上快速跑步、骑在懒猫身上旋转跳跃、用3D眼镜看鬼片等，只要是能想到的，可以让心跳加剧的办法，他们全都试了一遍，可程淮还是顽强地"小"着。

门铃被按响。

怕屋里的人听不见，谢行一在门口大声叫唤着程淮的名字。顾弥声和程淮四目相对，还是没想到什么办法。放在茶几上的手机也响起了铃声，"谢行一"三个字显示在屏幕上。

越来越急促的敲门声，让顾弥声烦躁地咬起下嘴唇。

"接电话，跟一哥说我生病了，让他推掉这个访谈。"程淮坐在沙发上，目光凝重。

"你会被封杀吗？"

"那倒不至于，这么多年混下来，也不是没有人脉。"

可是接下来，他的路总会难走一些。

因为经常和程淮在一起的原因，顾弥声这些年也或多或少知道些娱乐圈的规矩，所以也懵懂地知道，这次访谈不去的后果会是怎样。

似乎是下了很大的决心，顾弥声盯着程淮，眼睛里像是能迸出一团灼伤人的火焰。她慢慢地解开自己身上的衣服扣子，从牙缝里挤出声音来："我真是欠你的。"

　　谢行一被程淮迎进来的时候，还准备打趣他们为什么迟迟没人来开门。但感觉到房间内的诡异气氛，非常有眼力见儿的他只小声问了句："你们这是怎么了？为什么阿声脸色这么难看？"

　　顾弥声坐在沙发上，没有平时的笑容满面，听到谢行一问她，也没抬头。程淮抿紧嘴巴，一向倨傲的他如今有点窘迫。一直注意顾弥声脸色的他，在听到谢行一的问话之后，想也不想就说："她有点起床气。"

　　程淮走到顾弥声身边，想触碰一下她，最后又收回手，只在她耳边轻声说："对不起，回来再给你赔罪好不好？"

　　于是，谢行一在顾弥声一大早就吓得瘆人的脸色中，带走了程淮。经过顾弥声身边，谢行一满怀歉意地说："我真不是故意在大早上来敲门的，谁知道你起床气会这么重……"

　　被人占了便宜、还被诬陷起床气严重的顾弥声两眼发黑，不停地安慰自己，要笑着活下去。

　　墙上的钟表显示已十一点钟，顾弥声靠着沙发，懒猫趴在她的腿上，电视屏幕里显示着还有十秒钟的广告时间。

　　顾弥声的脑子里至今还不断地回放着，自己早上在程淮面前敞开外衣的情景。脸颊到现在还热热的，她来回用自己的手掌和手背紧贴脸颊，也吸不走半点热度。

顾弥声，真的，有点丢人啊！

电视里访谈开始。

程淮坐在主持人对面的沙发上，依旧如大家以往所看到的那样，眉目舒朗、干净挺拔。

他声音清冷，在回答主持人说的隐私权的问题上，语速适中，不徐不疾地说出他对于隐私权的理解。

他说："我在入行时，就买了很多相关的法律书籍。作为公众人物，其实已经自愿牺牲了一部分的隐私去娱乐大众，这是我当演员需要付出的代价。但同时，演员也是国家公民，我们也有权享有隐私权。而这部分的隐私，是我们需要保留，不愿意剖开给大家看的。像是我在家里，如果你没有侵入我的住宅，只是在房屋外部偷拍了几张照片，那我也无可奈何。但你的拍摄装备，一旦进入到我的住所范围内，我想我会让别人知道我维护自己隐私的决心。"

他停顿了几秒，认真而缓慢地在观众席扫视了一圈，眼睛里的情绪复杂得让人看不透他的想法。

演员其实也是一份工作，服务的对象就是观众。眼前的这些人，他一直都很珍惜。萍水相逢，甚至连话都不曾说过一句，他们成为自己的粉丝，把最纯粹的信任都投注在他身上。他一直都清楚，这样浓烈的感情，其实有些盲目。所以，与其说珍惜眼前的这些人，倒不如说是那些不知道什么时候就会消失掉的感情。

今天，大概就会有一些人，离开了。

他继续说道："粉丝其实是最让我无可奈何的。有些人凭着一句'我喜欢你'，就像是拿着一把尚方宝剑，自认为做什么都可以被原谅。对，我是需要被粉丝喜欢，可是我不想这么憋屈地被人喜欢。憋屈久了，我也不会真心喜欢他们。倒不如，一开始就说清楚，好聚好散这个词，也能适用在我们之间。"

他面容严肃、眼神锋利，丝毫不在意自己说出来的话会在大众心中掀起多大的浪潮，会在之后引起多大的反应和攻击。

成长至今，程淮处事已经游刃有余，但大多数的时候，他的本心还是那个刚进娱乐圈的耿直少年。

几乎所有的淮粉都在看这场直播，此刻，也听到了他说的这些不留一丝余地的坦白话语。

时间在一分一秒地流逝，主持人终于问到了大家都关心的问题："视频中的那位敷着面膜的女生，和你到底是什么关系？是不是你的女朋友？"

顾弥声不自觉地放缓了抚摸懒猫的动作，虽然没有看向屏幕，但是全部心思都集中在听力上，生怕听不清程淮的回答。

程准停顿了几秒，瞳孔里慢慢透出几分水光，眼神柔软，连声音都变得温润醇厚："嗯，是的，我们正在交往。"

"她是圈内人吗？"主持人追问道。

"圈外人。"程准嘴皮微动，又再次把嘴边的话给咽回去。想了良久，他才重新抬头看向镜头，像是通过镜头告诉每一个人，"她，对我很重要。不能告诉你们更多，是因为不想她因为我而被打扰。我一直觉得演员和观众的关系应该是，我的作品送给你们，我的生活留给自己。如果大家喜欢我，知道我很幸福就好了，希望不要再去探究更多。"

顾弥声傻愣愣地看着电视里的程准，一时之间不能确定他眼里那快要溢出来的温柔是演的，还是真实的感情。

"演员就是这么烦人。"顾弥声细声细语，想了想又嘀咕一声，"不对，程准最烦人。"

访谈节目结束。

和主持人寒暄了几句之后，程准带着谢行一从演播室里出来。

刚一出来，他就收到了妈妈的信息。

"还忙否？和阿声交往否？中午吃饭否？"

程妈妈以前也曾想过程准和顾弥声交往的可能性，顾弥声刚出生那会儿，她就想把顾弥声拐来。只是后来，看自家儿子和顾弥声都没有那个意向，于是也顺其自然，不勉强。久而久之，她也就自觉地把顾弥声排除在儿媳妇人选之外。不过，今天看到这个访谈直播……好像自家儿子和顾弥声是有戏的？

程淮言简意赅地用"否、否、否"三个字，回复了妈妈的短信。

也不知道别人家上了年纪的家长发短信是什么风格，程淮每次收到妈妈的信息，都会被她的"能少一个字就不多用一个字"的风格给折服。

早上的那一幕还在脑海中挥之不去，顾弥声在家里演练了很久，到底该怎么若无其事地面对程淮。不过还好，这个困扰她将近一天的问题，她不需要单独面对了——因为，在开门的瞬间，她首先看到的不是程淮，而是被程淮抱在怀里的、一个软萌的混血小包子。

"你是这个房子的女主人吗？"

小包子开口的第一句话就很有杀伤力，没等顾弥声反应过来是怎么回事，她的手里就被塞了一朵他亲手从路边摘的小野花，长得像是小区里面的灌木丛中随处可见的那种。

程淮似笑非笑地瞥了顾弥声一眼，似乎嘲笑她被小包子震惊得说不出话、又被一朵野花轻易俘获的样子。

他摸着小包子的头，语气轻缓地说："元宝，告诉姐姐你叫什么，几岁了。"

程元宝在介绍自己之前，努力挺直身板："美丽的女士，午安。我的中国名字叫'程元宝'，法国名字叫'Noah de la Fressange'，今年四岁。你可以和我大哥一样，叫我元宝。"

　　元宝的声音软软糯糯，甚至有些字的发音不太清楚。

　　顾弥声的心瞬间融化了，连声音都不自觉地变得温柔："原来你叫元宝啊，这名字真好听。我叫阿声，你愿意叫我'阿声姐姐'吗？"

　　元宝整个人贴在程淮身上，咧开嘴冲着顾弥声笑了一下，认真地点点头——那小模样可爱死了。

　　"元宝啊，是我那位嫁到法国的小姑姑的儿子。这段时间，家里没人，小姑姑又回国办事，也就把他带过来了。不过我小姑姑工作太忙，没有时间照顾他，元宝又跟我亲一点，所以接下来的一周，估计他就要住在这里了。"程淮三言两语介绍完，又低头问元宝，"接下来，你要说什么？"

　　"阿声姐姐打扰了，接下来的一周，请多多指教。"

　　经常从大人们嘴里听到的客气话一个字一个字地从程元宝的口中蹦出来，让顾弥声认识到什么是真正的反差萌。她不自觉地伸出手，去捏捏程元宝肉嘟嘟的小脸蛋，直到程元宝露出一副委屈得泫然欲泣的表情，她才克制了体内怪阿姨的冲动。

　　假装没看到程淮憋笑的样子，顾弥声故作自然地从他手里接过元宝。

"不客气哦，元宝，也请你多指教。"

顾弥声准备把元宝抱进房子里的那一刻，元宝挣扎着表示要下来自己走。顾弥声不明所以，以为他因为刚才的捏脸事件生气了，又担心自己抱的姿势不对，让他感到不舒服，于是马上把他放在地上。

"作为一个绅士，是不能麻烦女孩子抱的。"元宝一边说，一边伸出肉嘟嘟的手，自觉地牵着顾弥声。因为程淮哥哥在路上说过，答应他住下来的条件，是他需要像个男子汉那样，照顾好顾弥声。

胖乎乎、软嫩嫩的手感，让顾弥声心情大好，连眉眼都弯成一道弧线，早上遗留下来的别扭早就被她抛到九霄云外。

顾弥声扭头对走在身后的程淮说："你家元宝好会撩妹啊，才四岁的小孩子呢。"

程淮深藏功与名，对小表弟的这副表现早就见怪不怪，淡定地说道："这可能是法国人的种族天赋。"

/Chapter 14/

她的少女心，快被一个 4 岁小包子
给偷走了。

小包子被安置在沙发上端正坐着，顾弥声蹲在他的面前。

他皮肤白皙嫩滑，咖啡色的头发微微带卷，眼睛又大又黑，像是两颗黑葡萄，纯真清澈的瞳仁里清清楚楚地倒映着顾弥声。

此时，小家伙的小脸蛋红扑扑的，浓密的眼睫毛一扇一扇的，嘴巴的颜色也十分好看。

她轻轻捧起元宝的脸，告诉他："元宝，你像是童话里走出来的小王子。"

小孩子又吵又闹，顾弥声对他们从来没有多大的耐心，可此时她心里居然涌出想要亲亲他抱抱他的想法。如果每个小朋友都像元宝这么乖巧听话，大概也就没有"熊孩子"这三个字了。元宝应该满足了所有人对儿子的幻想。

元宝也伸出自己的两只小短手，用和她刚才一模一样的姿势捧着她的脸，盯着她的眼睛，情深款款地对她说："你长得就像是一个公主！"

法国小孩了不得，一言不合就说情话。

虽然明知道还穿着睡衣的自己，外形和公主一点也不沾边，可在那一瞬间，顾弥声还是为他这句话而沾沾自喜。

"我觉得你们可以适当地停止一下了。"程淮围观了两个人的深情告白，见缝插针地打断了他们的对话。他双手插兜，靠在墙上，似乎有点不满意自己被忽视。

他抬着下巴盛气凌人地对顾弥声说道："这小子对谁都会这么说话。"

"我只对阿声姐姐说过，她像个公主。"元宝在旁边撇嘴，不服气程淮的拆台。

"那你有对别人说，她们长得像美人鱼、小天使、优雅的伯爵夫人吗？"

元宝耷拉下脑袋，无话可说，全身都散发着"我很伤心"的颓废气息。

已经被元宝俘虏了的顾弥声，看到他垂头丧气的模样，忍不住回头指责程淮，想帮元宝掰回一局。

可是，还没等她开口——程淮在她的视野里，又一次变小了。

一回生二回熟，到三回都已经习以为常了。

程元宝还沉浸在自己的悲伤中，没有察觉到什么动静。顾弥声挪动了下身子，挡住他的视线。

　　"元宝，你能一个人在这里坐一会儿吗？"

　　虽然不明白为什么美丽善良的阿声姐姐不帮自己了，但从小就被教育"要照顾好女士的每一个需要"的元宝还是答应了下来。

　　见元宝点头，顾弥声亲了亲元宝的前额，然后起身把程淮和地上的那堆衣物捡起，往楼上走去。

　　"怎么又变回来了？到底什么时候才能一直保持正常？"

　　程淮已经对自己变身不再大惊小怪，但这种不分时候、不分场合、不受控制的情况仍然让他有些烦躁。他吹了吹挡在前额的碎发，漫不经心地说："谁知道呢。"

　　顾弥声愣了一下，话题一转："那你变小了之后，元宝怎么办？"

　　这样的程淮怎么露面？但不露面，元宝那边怎么交代，毕竟是程淮带元宝来的。虽然元宝才四岁，但再小的孩子，也会问一句"程淮大哥去哪里了"吧？可是要怎么跟他解释当下的状况？

　　因为担心元宝一个人在楼下会有意外，顾弥声快速地帮程淮穿好衣服，把他重新带到楼下。

　　按照程淮在楼上和她商量好的办法，她跟元宝说："元宝，你看，你的程淮哥哥。"

把程淮放在沙发上，顾弥声就功成身退地站到一旁。她还没修炼到可以大言不惭欺骗小朋友的段位，所以只负责抛砖引玉。

元宝愣了一下，凑近程淮，迟疑地伸手戳了戳程淮的手臂，才说："可是我哥哥没有这么小啊。"随后他盯着程淮的脸，"你真的是我的哥哥？为什么会变得这么小？比我还小？"

"因为我是演员。"程淮开始一本正经地胡说八道，杜撰的内容，丝毫没有因为眼前的对象是个四岁的小孩子而有所保留，"你之前也看过我在天上飞的样子，是不是？"

程淮说的是，他以前出演的一部仙侠电影。程淮在里面是男配角，可以御剑飞行。程元宝作为程淮的一号小影迷，自然在电影里看过。

"所以，你这次是变成了小人国？"

"嗯。"见小表弟上钩了，程淮立马顺着他的话往下编。

"我能像你一样变小吗？"

"等你长大了，也说不定会碰到这样的事情。"

这种敷衍的回答，一个四岁小男孩哪里能听得出其中的意思。他只当程淮是说长大之后就能变身，就高兴地结束了这个话题："好吧，我明白了。"

顾弥声看到这么乖巧的小包子，觉得欺骗他的程淮罪不可赦，连带自己都有点罪孽深重。想到这里，她再次恶狠狠地瞪了始作俑者一眼。

慵懒的午后时光，高清的数码电视里正在播放程淮去年的获奖电影。观看者是坐在沙发上看得津津有味的元宝和心不在焉的陪看顾弥声。

在此之前，顾弥声已经陪他看了两部由程淮出演的电影。

程元宝是程淮的小粉丝，这个认知让顾弥声有些嫉妒。

而被顾弥声嫉妒的影帝程淮，此时正趴在右手边的另一张沙发上，对耳边环绕的立体音充耳不闻，聚精会神地用手机翻阅已经下载好的物理文献。

他认真的架势让顾弥声一下子回想到高二的时候。

顾弥声的脸色变得难看起来。程淮和她只相差几个月，两个人从幼儿园开始就结伴上学，小学、初中直到高二，都在同一个班。因为程淮走哪儿，她都跟着他，程淮也愿意带着她，周围的同学都玩笑似的把他们凑成一对。

高二下学期，本来就是班级学霸的程淮突然刻苦学习，平时课间活动也不出去，话都不说一句，安静地坐在座位上刷题。等到期末临近的时候，顾弥声看到他桌上的题册已经摆得像座小山那么高了。然后，程淮也跟着高三的学长学姐一起参加高考，最后被 Z 大录取了。

这在他们老家那边，算得上是轰动一时的新闻。

"程淮"这个名字被许多人无数次地挂在嘴边，但谁都不会想到，一名高二的学生，竟然能够直接参加高考，而且分数还高到可以进重点大学。

顾弥声觉得，最讨厌他的时候，大概也是那个时候——学校因为要做高考的考点而放假三天，她等着程淮一起回家，而程淮却说不回去，他要参加高考了。

她一直以为程淮做的所有的事情，她都知道。就像是她前十六年的心事，早就已经全部摊开让程淮一览无余。而事实上，并非如此，程淮要高考的事情，她比任何人都知道得晚。这让她觉得，自己看起来像是自作多情的小丑。

手机发出一阵清脆的铃声，打断了顾弥声的回忆。

已经从机场出来、往程淮家里赶的苏晓，让顾弥声准备好懒猫的东西，等她到的时候，可以直接拎起懒猫就走人。

"你不在那边多玩几天？"

"再玩下去，我们的工作室都快倒闭了。"

"怎么可能，不是还有我吗？"

"你摸着自己的良心说说，你去过几次？！"苏晓特地用了感叹语气，表达自己对顾弥声的强烈鄙视。

顾弥声自知理亏，这段时间她确实都没有去过，所以就不打算与苏晓在这个问题上纠缠。她说："我跟你讲，程淮有个中法混血的四岁小表弟。"

"然后呢？"

"特别会撩妹！人帅气得像是洋娃娃，很有礼貌！如果我未来儿子长得像他这样的话，我现在就去找老公！"

"可惜不是你的未来儿子。"苏晓简单粗暴地制止了顾弥声不切实际的幻想，但下一秒就变了口气，"不过，按照专家说的近亲基因的原则，如果你和程准结婚，以后生个孩子，很有可能会像他那个四岁小表弟那么可爱。"

还好不是开的扬声器，苏晓的话不会被程准听到吧？顾弥声下意识地看向一边的程准。

"这么不靠谱的话是哪个专家说的？"

"苏晓·勒夫斯基。"电话那头的声音严肃正直得不容侵犯，然后不给顾弥声回嘴的机会，她立马指使顾弥声去做事，"快去把懒猫收拾好，乖。"

顾弥声对苏晓的"乖"字从来没有抵抗力，同时也为了逃避刚才那个不靠谱的话题，她麻溜地跑去把躺在落地窗边、沐浴在阳光下的懒猫抱起来掂了几下，估摸了一下重量。

很好，又重了。

在确认懒猫这几天被养得又壮实一些之后，顾弥声才放心地把懒猫塞回笼子里，然后把它常用的玩具归拢到一块儿，放在猫笼上。准备等苏晓一到，就把懒猫塞回给原主人。

做完这些，那股子力气就消失殆尽，顾弥声手脚发软地重新坐回到程元宝身边的位置："好累啊，想睡觉。"顾弥声整个人瘫在沙发里。昨晚大脑活跃，翻来覆去到很晚才睡着，早上又一大早去叫程淮起床。到现在没事做的时候，她才觉得睡意蒙眬。

程元宝把视线从电视机前移开，眼睛一眨一眨地盯着顾弥声看了几秒之后，挪了一下位置，调整坐姿，然后小胖手拍拍自己的腿，说："阿声姐姐，这里给你躺。"

既然程淮哥哥已经变成了小人国公民，那他更有责任替程淮哥哥照顾阿声姐姐了。意识到这点的程元宝，化身为贴心小棉袄，时刻关注顾弥声的情绪。

大龄单身青年顾弥声小姐，在二十一岁的初夏，第一次感受到被疼爱，居然是来自于一个四岁的小包子。

四岁就这么贴心、绅士、有风度，她不得不暗自羡慕元宝未来的女朋友该有多幸福了。

没有拒绝小包子的好意，顾弥声把头轻轻靠在元宝的腿上。双方实力太悬殊，所以她也没敢把所有的力气全都压下去，其实这样子暗暗使劲撑着脖子让她更累。

她闭上眼睛，有一只肉乎乎的小手，笨拙又轻柔地帮她把散乱的头发全部拨到耳后，然后，缓缓地、悄悄地、一下一下地，拍着她的肩膀，似乎是在哄她入睡。

她的少女心，快被一个四岁小包子给偷走了。

过了很久，额头上传来濡湿的触觉。顾弥声掀开眼帘，入眼的是小包子还嘟着的嘴，正在慢慢远去。所以，刚才是元宝小朋友赐予的额吻吗？

"元宝，你再这样子，我会如实告诉你幼儿园里的那位丽莎小姐。"程淮正好抬头看向这边，眼睛里的威胁越发浓烈。

"可是每一位淑女在睡觉的时候，都需要王子的一个安眠吻。"

"那你是王子吗？"

程元宝歪头看着提问的程淮，似乎想给出肯定的答案，但又有点不好意思承认自己是王子。过了很久，他才红着耳朵小声地说："妈妈说过，Noah 是世界上最帅气的王子。"

"那是你妈妈在你穿着王子礼服、排练《白雪公主》的时候，才夸你的。"程淮一点都没有和小朋友较真的不好意思，"现在你并没有穿王子礼服。"

于是，顾弥声又眼睁睁地看着，小可爱程元宝被大魔王程淮碾压的场面。

不忍心元宝被欺负，顾弥声坐直身子，不满地冲着程淮说道："你这样子以大欺小好意思吗？就不能对你只有四岁大的弟弟好一点？"

"我现在难道不是以小欺大？"也只有在这个时候，程淮才能无比坦然地承认自己变小的这个事实。不过，他还是从善如流地接受了她的提议，把所有火力对准她，"那你能不能有点出息？"

我又做错了什么？顾弥声完全摸不到头脑，然而程准却没有再继续说下去。他也说不出口，为什么看到元宝亲了一下顾弥声的额头，就想揍这个处处撩妹的小兔崽子一顿？

元宝心有戚戚地用自己的小胖手，偷偷地盖在顾弥声的手背上，给同样被程准压制的阿声姐姐一点安慰。

声声慢的微博，在五分钟后更新了动态。

声声慢 V：有时候，wuli 准准真是个任性的"小公举"。发起小脾气来，毫无理由。今天，他是程三岁。

程三岁？开什么玩笑？我们心里想的和博主说的是一个程准吗？

让无数程准脑残粉抓心挠肺的是，到底是谁能让外界一致好评、从来风度翩翩、端得住形象压得住场子的程准任性得像个小公举！

最讨厌这种知道内幕，却又含糊带过的爆料了！

房子里的门铃一声又一声地响起，风尘仆仆的苏晓在这个时候出现在门口。

"哎，姐们儿，怎么现在才开门？快给我来一杯水，渴死我了。"

因为还需要时间安置暂时还见不得人的程影帝啊。顾弥声扯着脸微笑，接过苏晓手里的一大堆礼物，在心里默默地回答了她的问题。

把人领进客厅后，顾弥声就跑到厨房去倒水，留下程元宝和苏晓两个人大眼瞪小眼。

"你是阿声姐姐的朋友吗？"

苏晓想到下飞机后和顾弥声在手机里的对话，颇玩味地想看看程元宝小朋友是怎么撩妹的。她拿手轻轻蹭了一下元宝的脸蛋："对，我和你阿声姐姐是好朋友。你叫什么名字啊？"

"程元宝，我是程元宝。"他秉承了程家一贯的优良作风，说话的时候一定是认真地看着对方，语气真诚得让所有人都能感受到，"姐姐你真漂亮。妈妈说得对，漂亮姐姐都会和漂亮姐姐做朋友。"

这句话夸得苏晓笑弯了眼，她总算亲自领悟到小朋友的实力撩妹技能。苏晓轻缓地在元宝的头上摸了几下他柔软的发丝，礼尚往来地说："很高兴认识你，元宝小朋友。帅气的人也是一家的，你和你程淮哥哥都很帅。"

程元宝开心得再次红了耳朵，但骨子里的绅士作风，让他要把戏做全套。他垂着浓密的睫毛，亲了一下苏晓的手背，然后抬眸望向她："谢谢你，女士。"

元宝妈妈在二十年后所要担心的问题，一定是儿子太能撩妹，儿媳妇人选太多，要选哪一个的问题。

苏晓接过顾弥声倒的水一口干了，然后在她耳边由衷地赞叹了一句"他们程家人，真的不得了啊"，就提着懒猫，留下一堆礼物离开了——因为出租车还在外面等着。

至于"为什么没见到程淮"这个问题，根本不在她的考虑范围内。大明星嘛，不在家也是正常的。

由于多出了一个讨喜的程元宝，原本三餐不是叫外卖就是对付着随便吃点什么东西的做法已经行不通了。顾弥声用手机在网上查询完中国八大菜系，截图保存了不少菜谱之后，左挑右选出今晚的备选菜单，征询元宝的意见。

"元宝小可爱，我们晚上吃青椒牛柳、蒸水蛋、玉米排骨汤、油焖大虾好不好？"虽然不确定自己的厨艺是不是可以挑战这些菜，但应该不至于难吃到哪里去。

"嗯！"

"不好。"

两道声音同时响起，斩钉截铁的拒绝来自于程淮。

顾弥声和元宝不约而同地看向程淮，有点不太理解他为什么要说不好。顾弥声再次强调了一下刚才的话："我是说，我们晚上在家里，我做给你们吃。"

程淮仍趴在沙发上，就算已经发觉另外两道直视自己的目光也无动于衷。他一边看似专心地看着手机屏幕上的公式，一边说："我们之前都没那么麻烦，你做菜，还要洗菜、洗碗，我们还是直接叫外卖吧。"

重点是，为什么程元宝在的时候，顾弥声就要亲自下厨去做菜？

而之前，顾弥声连问都没有问过他喜欢吃什么。

"不麻烦啊。又不是让你洗，我乐意。"顾弥声将视线拉回来，嘴角微微往上翘。既然没有其他什么问题，她就拿出手机下了单，等着快递小哥把食材送上门。

程淮瘪瘪嘴，一个翻身背对顾弥声，决心不理这个不领情的人，就当自己刚才的话白说了。

程元宝凑在顾弥声的耳边："程淮哥哥是生气了吗？因为我们不吃外卖？"他有意识地控制音量，为此还捂住自己的嘴巴，可声音还是足够让程淮听见。

顾弥声也悄声说："这世界上还有一种叫'大姨夫'的东西，你还小，不懂。"

晚上五点，夕阳西下。

餐厅里的饭桌上，摆了五道菜。为了照顾不吃青椒的程淮，顾弥声把青椒牛柳换成了难度系数不高的番茄炒鸡蛋。

在程元宝诧异的眼神中，顾弥声双手将程淮捧到饭桌上，这已经是最照顾他面子的方法了。程淮也因为第一次享受到这样的待遇，对顾弥声小声道谢。以前，他从来都是被她拎着后衣领子的。

照例给娇小的小程淮专门准备好一碟子的菜，然后把特别定制的袖珍碗筷放在他面前，才开始照顾程元宝用餐。

程元宝被教育得太好，自己戴好围兜，坐在加高的安全椅上吃饭，就算是对程淮的餐具好奇，也没有一直盯着看。他左手扶着碗，右手拿着叉子，把顾弥声夹到他碗里的菜全都送进嘴里。他还空出左手来为她手动点赞，顺便见缝插针地从自己碗里夹了一块鸡蛋，送到顾弥声嘴边。

可以，这很程元宝。

程淮看顾弥声将所有的注意力全放在元宝身上，冷哼了一声，仰头把碗里的汤喝完。放下碗时，他又看到元宝夹菜的这个行为，忍不住把一小块已经剥好的虾肉，也放在顾弥声的碗里："我把我的最爱给你。"

用别人剥好的虾来借花献佛，这种事情也只有程淮做得出来。但，她怎么不知道，什么时候油焖大虾变成了程淮的最爱？也许是因为感谢她前面捧他来餐桌的举动。这么一想，顾弥声也就无比坦荡地把那一小块虾肉放进嘴里，说了句"谢谢"之后，站起身上了楼。

趁着这会儿工夫，程淮叫了一声正大快朵颐的小包子："元宝。"

听到程淮在叫自己，小包子抬起头，嘴巴还一努一努地嚼着嘴里的东西。

"元宝，现在比起来，你已经是大人了，我比你还小。"看到小包子同意地点头，程淮继续往下说，"那现在给你一个照顾我的机会。"

小朋友特别喜欢别人把他们当成大人那样对待，元宝也不例外，三两下咽完嘴里的残余食物，他问程淮："那我要做什么？"

"剥虾给我吃。"

程元宝笨拙地剥着虾壳，为了充分展示自己会照顾人的天赋，还特地学顾弥声之前的样子，把虾肉细心地掰成几段，喂到程淮的嘴里。

"程元宝，你真棒。"

听到来自程淮的肯定，元宝继续不知疲倦地剥虾。

于是，顾弥声从楼上拿抽纸下来时，就看到程淮在差遣自己的四岁小表弟充当剥虾童工。她双手环胸，站在餐厅门口围观了一会儿，才缓缓开口："程淮，你真的越来越厚脸皮了。"

"元宝，现在我是不是比你小？"

元宝点头。

"那你是不是自愿照顾我的？"

元宝再次点头，把两只手上掰成两截的虾肉，一截送到程淮嘴边，一截给自己吃。

得到肯定的回答，程淮冲顾弥声摊摊手，表示自己不忍辜负元宝的一片好意。

当晚，声声慢的微博再次发声：上一条说他的年龄只有三岁还是不到位，程淮有时候简直就是智障。

/Chapter 15/
程淮，你是不是又在开我玩笑。

市郊的游乐园。

因为不是周末，再加上开园不久的原因，游乐园里的人并不是很多。顾弥声拿着两张套票，牵着程元宝小心地避开身边来往的人流。

她和程淮都是宅得住的人，只不过让程元宝也跟着他们困在家里，未免有点太残忍。于是，在第三天的上午，吃完早餐，程元宝换好衣服后，顾弥声准备带他出门去游乐园。

至于包里面的程淮，自从他变小之后就基本上告别了所有会引起麻烦的外出活动。本来今天的游乐园之行，顾弥声也没想把他算在内。谁知道，临出门的时候，在一边不知道捣鼓什么的程淮才说，他也要去。

顾弥声在程淮变小伊始，就考虑过他外出怎么办的这种状况。

凭他国际影帝的演技，随时随地扮演一个仿真玩偶，应该不在话下。于是，对于程淮的要求，顾弥声没怎么多想就答应了。

"阿声姐姐。"程元宝坐在摩天轮的车厢内，拽了拽坐在他身边的顾弥声的衣角。对面早就出来放风的程淮，也顺势望过来，只是脸上带着一丝警惕的神色。

元宝没有顾及程淮，他扬起小脸，手心往里，对她做了一个"过来"的姿势。机灵可爱的样子让顾弥声莞尔一笑，上道地低下头。

"你能看看程淮哥哥的眼睛吗？"

看程淮的眼睛？是有什么不对劲吗？

顾弥声摸不着头脑，用眼神跟元宝确定了一下，然后迟疑地看向程淮，希望他能告诉自己到底是怎么回事，但程淮表面上并没有流露出太多的情绪。

算了，就当是陪小孩子玩，顾弥声放下心中疑问，听从元宝的指示："当然可以啊。"

她探出身子，和程淮的距离又拉近了一点。四目相对，借着透过窗子打进来的日光，程淮的双眸流光溢彩，好看得让顾弥声微微有点失神。

对面的程淮似乎早就明白了什么，眼睛里多出了一丝无可奈何的宠溺光彩。以前，他小姑姑就说过，程家人说甜言蜜语的能力是与生俱来的。作为半个程家人的元宝，也不例外。但元宝身上的另一半血统，让他对任何人都能无差别地使用这个能力。

除了元宝，他没见过第二个套路这么深的小孩。每分每秒都能自然不违和地说些让人受用的情话，是元宝得天独厚的技能。

顾弥声盯着程淮的眼睛看了三四秒，摩天轮的这节车厢越升越高，四周清风徐来，耳畔忽然安静得只能听到小包子的声音。他骄傲地用手指着程淮的眼睛，对她说："看！ Only you is in his eyes！"

是的，程淮的眼睛里，只有她。

猝不及防，顾弥声的少女心一下子膨胀了，耳朵里灌溉进来一阵高过一阵的心跳声。

她那一路从额头开始蔓延到衣领下的绯红，在程淮眼里，是最美的风景。

其实，这样子的游戏，他们也玩过。

从两人上学开始，顾弥声就一直去程淮家写作业。两个人坐在书房里，面对面地坐着，占领书桌的两侧。顾弥声写作业不太认真，写一会儿玩一会儿是常态，每次做完一科作业，就要撑着手臂看程淮半天，或者是一个人玩得无聊，会故意发出点声响，希望程淮也能抬头看看她。

程淮知道顾弥声这个毛病，却从来都不惯着她。有时候听到动静，他笔尖一顿，转而又自顾自地写作业，等她自己觉得无趣了，自然会重新写作业。有时候他看着作业本，连眼皮都不抬一下，只伸出一只手，凭着灯光下的影子，准确无误地压在顾弥声来回转动的脑袋上，手心稍稍用力，让她安分下来。

刚升高一的某一天，顾弥声完成一科作业，放回书包里面，再拿出新的一科作业后，又想恶作剧一番。她在一旁安静地转笔，偶尔看几眼程淮。因为空调吹出来的冷气，她打了一个喷嚏。程淮瞥了她一眼，拿过旁边的遥控器，把空调的制冷温度调高了几度。

顾弥声见他还要继续写作业，立马伸出手，在对面人的手臂上推了推，希望他能够放下笔，陪她玩一会儿。

"程淮，程淮，最近我们学校有个游戏，你要不要和我玩一下？"

感觉到手臂上的温度有点冻人，程淮分出一只手，盖在顾弥声的手上，并没有接她的话梗，只问她："还冷吗？要不要我去给你拿衣服？"

顾弥声看着和他手掌相叠的部位摇头，没多久就感觉到自己的手也变得温热起来。她瞄了一眼还在解题的程淮，自觉地把另一只手放进去。也不知道为什么，这个动作把程淮逗笑了。他抬起头来，眼睛里的笑意像日月清辉，闪亮得让人沉迷。

"你休息一下，陪我玩游戏吧。"顾弥声趁机要求。

其实也不是什么太难的游戏，只是两个人四目相对，先笑的或者先移开眼神的那一方算输。中午，她同桌告诉她这个游戏的时候，顾弥声就鄙视过了。听上去像是别有目的的人，借机去做什么事的借口。

可是现在，别有用心的顾弥声却故作坦诚地拉着程淮跟她一起玩这个游戏。

听到顾弥声底气不足的声音，再加上她左右乱飞的眼神，程淮就已经明白她的小心思了。等到顾弥声三言两语介绍完游戏之后，他心里更是一清二楚。

两个人下巴抵在桌子上，一旁的台灯洒下橘黄的灯光，窗外是哗啦啦的雨声，衬得屋内的世界更加恬静。他和顾弥声四目相对，明亮璀璨的双眸里满满都是彼此的身影。当下，程淮的心里柔软一片。

程淮的笑点低，顾弥声为了引他发笑，故意盯着他的鼻尖，让自己两个眼珠的距离慢慢拉近，变成斗鸡眼的样子。可是程淮脸上的神情像被定格住了，连眼皮都不抬一下。她怀疑程淮已经失了焦距，没有在看她。然而重新把视线放回到他的眼睛里时，她才发觉，他的双眸好像在说话，里面的情绪太汹涌，一下子让她惊慌失措地避开了他的视线。

"你输了。"程淮眨了下眼，嘴角弯起一道好看的弧度。

"那你想怎么样？"

"闭眼，弹脑门。"

顾弥声气鼓鼓地瞪了他一眼，才不甘心地闭上眼睛。她皱着眉头，似乎对即将到来的痛觉已经做好心理准备。

程淮用手轻轻覆盖在她的眼睛上，睫毛划过掌心的酥麻感让他的心跳漏跳了一拍。他稍稍朝顾弥声的方向靠近，两个人的呼吸好像都要纠缠在一起的时候，才停下来。随后，他慢慢抬起另一只手，食指和中指交叠放在她的额头上。他能感觉到这个动作带给顾弥声的紧张，她睫毛不停地乱颤，屏气凝神。

程淮的脸上扬起一丝微笑，眼角眉梢都是藏不住的温柔。他继续靠近，薄唇在捂着顾弥声眼睛的手背上，轻轻印下一个吻。像是花间朝露，晶莹剔透，在还没察觉的时候，就蒸发在晨曦中，不留一丝痕迹。与此同时，他指尖摩擦，食指的指甲在她的额头上划了一下，让她浑身一震。

"还好还好，你没有对我下狠手。"顾弥声迫不及待地拿下程淮的手，总算是能够安心呼出一口气。她全然不知道刚才发生的事情，只是被他温柔的弹脑门动作给震慑住，一时之间慌乱得只能靠写作业来冷静下来。

程元宝的那句话杀伤力实在太大，以至于顾弥声的脑子里空白一片，完全没有留意到，本来坐在自己身旁的小包子，悄无声息地移动到了程淮的座位旁。他还伸出小肉掌，期待程淮的下一步动作。等更小的一只手，覆盖在元宝的手掌上时，元宝才从这个来自自己偶像哥哥的 high five 里面感受到了对方的鼓励和庆祝。

从摩天轮上往外看，远处的山峰藏在云雾中，依稀可见若隐若现的轮廓，横跨江湖两岸的双层桥梁上面车辆川流不息；再近一点，穿着玩偶服的工作人员在广场中心跳舞，身边围了一圈又一圈的观众。旁边的冰激凌小车前，一个小女孩手里的甜筒掉在了地上。不用看下去也知道，等下她就会心疼得哭出来。

顾弥声强迫自己看了那么多，可是一直想要转移的注意力还是死死地坚持着它的底线，脑子里一遍又一遍地回放刚才程淮的眼神。

顾弥声为什么讨厌程淮?

这个问题，她能一口气说出很多答案来。

程淮一声不吭地扔下她直接参加高考离开了；程淮每天埋首在堆积成山的试卷中，对她没有以前那么好；程淮在放学的时候不再等她一起回家；程淮让她挨了父母的骂……程淮和隔壁班的南孟妙在一起了。

那么多的理由加起来都抵不过，他不喜欢我，喜欢别人了。

小时候的世界太单纯，觉得所有的事情，不是黑就是白。所以，感情也来得直白且浓烈。程淮喜欢别人了，那固守自己骄傲的顾弥声必须迫使自己不能再去喜欢他。既然不能喜欢，那就只能讨厌。

久而久之，她也就相信自己是讨厌程淮的了。

"阿声姐姐为什么都不说话?"稚嫩的童声打破这一方安静到

让人窒息的气氛。

顾弥声从以前的回忆中抽身，力求神色自然地露出一个笑容来："因为我在看风景啊，难得站在这么高的位置看外面。"

她余光中瞄到程淮状似了然的目光，像是刚才自己在脑子里重新播放的回忆，都被他知道了，心里有点不舒服，忍不住偷偷冲他翻了一个白眼。

她一向认为自己可以藏好所有情绪，但却不知道，程淮熟悉她的程度更甚从前。一个细微的动作，都能让他猜到顾弥声此时的想法。

好像没过多久，又好像过了一个世纪，摩天轮已经停止了，工作人员把车厢的门打开，顾弥声从呆滞的状态中回过神。她神色恍惚地把元宝从车厢里带下来，完全没有想到要把程淮装回包里。也多亏了元宝，时刻不忘把自己哥哥抱回来。无奈，程淮只能趴在元宝的怀里，一动不动装作玩偶。

游乐园里除了玩心跳刺激的过山车、海盗船、鬼屋之类的项目，适合四岁小孩子玩的项目其实并不太多。顾弥声原地转圈，四处打量了一下，打算带着元宝去排旋转木马的队伍。

时间已过上午十点，游客多了一些。旋转木马的长队都蜿蜒到了树荫下，他们正好可以站在阴凉处。

多半是因为元宝出色的混血儿外表，队伍里回过头打量他们的目光一直没有间断，被人看习惯的元宝大大方方地冲着前面的队伍露出他的小米牙。而程淮，像是睡着一样，待在元宝的怀里，仿佛是一个没有声息的人偶娃娃。

熟悉的手机铃声响起，顾弥声接起电话。入耳的音色沙哑得让她的心都揪到一起，像是嗓子被粗糙的磨砂纸打磨过，但她无暇关心这些，因为接下来的话，让她的心揪了起来。

顾妈妈的声音虚弱低沉，在电话里面听起来特别催泪，她说："阿声啊，你先听着别着急。你爸爸被电动车撞断了腿，现在在医院里。要是没什么课的话，你就请假回来看看他。"

"怎么会撞到的呢？我爸现在怎么样？严重吗？我马上回来。"顾弥声喉咙发紧，情绪波动起伏大，一下子压制不住声音里面的颤抖。

原本睡着的程淮蓦地从元宝怀里抬起头，眼神中的紧张显露无余。咬合肌受力鼓起，喉结微动，他攥紧了拳头，才控制住自己的情绪。

顾弥声了解完大概的状况，确定了爸爸现在的状态之后，心里没有一开始接电话的时候那么慌张了，她抱起元宝飞快地从队伍中脱离，坐上游乐园里的电动三轮车，朝停车场的方向驶去。

程元宝也感受到了气氛的凝固，老老实实地坐在顾弥声的怀里。程淮被夹在他和顾弥声的空隙之间，抬起头，用口型问她："怎么回事？"

"我爸爸被撞断了腿，不是特别严重，但毕竟年纪大了，身体有点吃不消，现在躺在医院里。"她眼眶微红。

顾弥声刚才已经像是洗脑般地安慰过自己无数遍"我爸爸没事"。在问清楚情况之后，其实她心里已经没有那么慌张，更多的是心疼现如今还躺在医院病床上的爸爸。

可程淮轻飘飘的一声询问，却让她所有的心理建设全部崩塌。

手背上覆盖了一点点的热量，透过皮肤传到身体里，随着血液流动，又蔓延到心口。于是，她的心更加坚定、沉稳、有力地跳动起来。

从 Z 市回家需要三个小时的车程，程淮担心顾弥声情绪激动，提出让谢行一来送他们回去，却被顾弥声驳回，她怕谢行一不小心发现程淮的秘密。

顾弥声在开车回程淮家的路上，就打电话给辅导员请好了假，挂掉电话之后又叫了两份外卖。在家里收拾完几个人的日常衣物，将其全都放进后备厢之后，外卖恰巧送到。要做的事情都已经安排妥当，没有占用一分钟多余的时间。

程元宝不明所以，听到要去阿声姐姐的家里，兴奋得在车后座的儿童座椅上拉着怀里的程淮一起闹腾，让程淮不胜其烦。

"元宝，你知道为什么阿声一踩刹车，你就会往前扑倒吗？"

"因为……没系安全带。"这是根本没学过物理知识的幼儿园小朋友，想到的最靠谱的答案。似乎是被自己的机智给迷倒，元宝躺在安全座椅里面，眯着眼睛"咯咯"笑不停。他胸腔的震动，连程淮都能感受到。

在接下来的二十分钟里，程淮用最枯燥乏味的语言跟元宝解释了什么叫作惯性，结果成功催眠了一位中法混血小朋友。

作孽啊。一直注意后面动静的顾弥声，又一次见识到了程淮的奸猾狡诈。从后视镜里面看到元宝睡得像个小天使，她不由得开口："如果以后元宝的物理成绩一团糟，你就是罪魁祸首。"

"说不定他得感谢我，让他在这么小的时候就做出了选择。"

车里重归安静，顾弥声直视前方，偶尔扫一眼速度表。程淮从元宝的怀里爬出来，平躺在一边的皮质座椅上，双手交叉垫在脑后。车窗外倒退的白云青山映在双眸里，于是他的眼睛成了最美的风景。不过，程淮却无心在意这些。

程淮有满腔的回忆想跟顾弥声说，然而却一直迟迟不敢开口。别人不知道，他们眼中风光无限的程淮，其实怕很多事情。

他担心，自己一走漏口风，顾弥声就龟缩在壳子里不出来；更怕他在意这么久的陈年旧事，顾弥声早就忘得一干二净；可他还怕，如果不说出来，以后就再也没有机会让她知道。

也许是今天的气氛太好，又或者是现在场面太过安静，反正就当是找点话头，让开车的顾弥声不至于无聊。

"顾弥声。"

驾驶座上的顾弥声，因为这个连名带姓的叫法，内心惴惴不安。她仔细地在心里回忆了一遍，好像也没做什么事让程淮生气。凭什么，他又叫得这么生疏？

"哎，你说，我要是现在跟你说声对不起，你会不会被吓到。"不过不等顾弥声回答，他就已经知道了答案。

程淮侧了侧身，所处的位置正好可以看到后视镜里的顾弥声，一副见了鬼的模样。她眉毛挑高，双眼瞪大，脸上的皮肤被拉扯到极致，意外地有点喜感，让他一下子笑出了声。

"程淮，你是不是又在开我玩笑？"

"没有。"

"那你为什么道歉？"

良久，程淮才重新开了口："高中那年的事情，一直不知道该怎么跟你说，一天拖一天居然被我拖到了最后。"

当年的意外来得让人措手不及。高二，对他来说命途多舛。那时候的程淮，早已蜕去以前的肆意妄为、意气风发。

明明大家都坐在一个教室，他已经不像其他人那样，担心学得不认真，考试考砸了怎么办。每天他脑子里只有"怎么才能快点长大，早点赚钱还债"的想法，这些想法时时刻刻压在心上，让人喘不过气。而唯一能让他从压抑的环境里挣脱出来休息片刻的是，对面抬头就可以看到的、和他相隔一个小广场距离的顾弥声。

能不读高三直接考大学，对他来说，不仅仅是少交了一年的学费，而且还能多出一年的挣钱时间。

只是，在做完这个决定之后，对着顾弥声担心他却故作轻松的笑脸，他怎么也开不了口。

程淮在那时候状态很糟糕，全凭着要照顾妈妈的责任支撑着。有时候想想，活得这么累，也没条件去妄想其他事情。于是，他收敛了全部的当初不该在那个时候出现的情感。

他抱着一丝"顾弥声从小就是程淮的"的侥幸，不动声色地隐忍到今。

"哦。"

如果脑子里有虚拟键盘的话，这个字是顾弥声删删减减，修改过无数个答案，最后才想出来的回应。

有个很矫情但又万能的说法，时间是最好的良药。

她原以为这么多年过去了，当初耿耿于怀的事情即使没有被淡忘，可能影响力也不如当初那么深刻了。然而，这个话题被程淮重新提起，从过往的记忆中拎出来，她才发现自己还是有点计较的。

"你哦完就没反应了？"程淮等了很久，也没等到顾弥声的后续反应。他坐直身子，看着顾弥声的侧影。

刚才的气氛片刻间消失得无影无踪，两个人重新回到了正常的相处模式。

　　"你说了跟没说有什么区别？"似乎只有用这样子的语气，顾弥声才能毫不掩饰地把所有的话全都说出来，"我难道不知道你是拖到最后才跟我说的？你是跟记者们打太极打多了，把这套路都拿来用到我身上了吧。"

　　"你要是当记者来采访，我一定正面回答不拐弯。"

　　顾弥声借着后视镜，又扔给程准一个白眼："等我有兴趣当了记者再说。"

　　仔细观察前面路况的顾弥声没有看到，后视镜里的她，此时表情柔和，笑意已经渗透到眼底。

/Chapter 16/

元宝，来把哥哥放在窗台上。

下了高速，在国道上开了二十多分钟，立在马路右侧的一块巨石上面刻着鲜红的"南虞"二字。顾弥声按下窗户，两边行人嘴里说的熟悉乡音倒灌进车内，意外地悦耳好听。从一个十字路口向左拐进去没多久，就到医院了。

"我先进去慰问一下我家老顾，看看他现在是什么情况，不会太久的。"

医院里细菌多，不适合带着小朋友去。至于另一位小小朋友，更不能带到她爸妈面前。

顾弥声停好车，按照程淮的意见，把前后左右四扇车窗全都露出一小截缝隙。

程元宝还在睡梦中，程淮虽然想陪着顾弥声一起去探望顾爸爸，但也考虑到自己现在的样子并不方便出现在他们面前，于是选择留在车里。

住院部里弥漫着一股消毒药水的味道，顾弥声按照妈妈发到手机里的信息，没费多少工夫就找到了病房。南虞镇的居民有什么稍微严重一点的病症，都喜欢跑去市里的大医院，就连顾爸爸也是从甲级医院治疗完毕，转院回来在这里输液的。所以，住院部里人烟稀少。

顾爸爸住在两人间靠窗的病床，阳光刚好可以照到。窗外是住院部的小花园，绿植多，空气不错。

顾弥声推门进去，看到她爸爸靠在枕头上，右手看书，左手还在输液，他的左腿打了石膏，被吊在半空。

听到门口传来的动静，顾爸爸这才抬起头，一看是顾弥声，原本面色不太好的脸上露出一丝笑容。他压低声音："吃饭了吗？自己过来的？和学校里面请假了没？"然后示意她看靠墙的那个床位，"你妈躺在那儿午休呢。"

顾弥声点头，算是笼统地回答了爸爸的所有问题。

她脚步放轻，坐在病床前，仔细打量自家爸爸的脸色。胡子拉碴，面容有点憔悴，左手因为打了太多点滴，手背有点肿起。她心疼得眼眶又有点泛酸了，拿起床边上搭着的毛巾，去饮水机接了热水打湿，把有些烫手的毛巾敷在爸爸还插着针管的手背上。

"怎么撞的？我妈在电话里还没来得及说。"

"还能有什么，运气背呗。"事情都过去了，他也不想顾弥声一直关注这个问题，于是就转移话题，安慰她说，"我女儿现在都懂得照顾人了。"

他没有太多本事，这一生能娇惯着自己女儿平安长大，已经是最大的成就。现在看到曾经在自己怀抱里撒娇的小不点，已经能够关心照顾人了，心里说不出的熨帖。

"这么大的人，是该懂点怎么照顾人了。"躺在隔壁床休息的顾妈妈在这个时候醒来，刚好听到顾爸爸夸的这句话，立刻接下去说，"在外面上大学，不学会怎么照顾人，怎么能照顾好自己？"

"是是是，我妈说的什么都对。"别的可能没多大能耐，现在她照顾人却已经是一把好手了，全靠他们三句不离嘴的程淮，顾弥声腹诽。

想到程淮，顾弥声想起他之前让自己转达的话："程淮知道您住院了，不过他没时间来看望，专门让我转告一声，等他忙过这阵子，就回来看您。"

别人家的孩子一出手，效果立竿见影。果然，顾爸爸笑得一脸洋溢："程淮这孩子，就是太懂礼貌了。他忙他的就好了，老想着我干什么？"

然后他又开始和顾妈妈一起，每日一夸程淮。

自己的女儿在跟前，难道就不能顺带夸夸她？顾弥声有点吃醋，不过还是站起身来，准备逃离这种场面："那我先回去，等下再煲一锅骨头汤带过来。"停车场那边，还有程淮和元宝等着她呢。

听到车解锁的声音，闭目养神的程淮立马睁开眼睛，等顾弥声坐上来，才问："叔叔怎么样了？"

"还好，就是整个人挺憔悴的，估计得再养养。"

"人没事就好，你别太担心。"

顾弥声点火开车，看着后视镜里面的小人儿，带着嫉妒的语气说："你让我转达的话，我都跟我爸说了，我出来的时候，他还在和我妈夸你。"话虽是这样说，但她的神色里根本没有任何不满。

"他们一向喜欢我。"程淮压了压往上翘的嘴角，"可惜现在不能去看叔叔。"

从医院出来后，再开十分钟，过了一座桥，镇中心的老街就到了。

这条主街道，和南虞镇一个名字，叫作南虞街，是小镇上最热闹的地方，顾弥声和程淮的家，就在这里。

把车停到街口的露天停车场，顾弥声先去车后把行李提出来，才打开后座的车门。程淮轻轻踢了一脚元宝的小肥腿，把他从睡梦里叫醒。刚饱睡一觉的元宝精力充沛，自己解开了安全带，迫不及待地从车里爬下来。

"阿声，你刚回来呀。"

"李阿姨，好久不见。"

南虞街上邻里关系和睦，这一整条街的邻里乡亲几乎都认识顾弥声。此时看到顾弥声拉着行李，左手牵个孩子，都停下来打招呼，顺便旁敲侧击一下孩子的身份。

是的，镇上也没别的什么事情，所以这里的人都比较喜欢八卦。这种八卦可能并没有什么恶意，从路人的着装打扮，到街坊邻里的家长里短，全是镇上人茶余饭后的话题。

"阿声，这小孩子是谁家的呀？"

"程淮家的小表弟。程淮抽不出时间来照顾，就让我带回来了。"

"我们阿声和阿淮的关系还是这么好啊。也对，两个人青梅竹马这么多年，以后你们结婚发请帖，不要忘记给我一张。"

这个话题让她有点慌乱，尤其是另一个当事人也在。顾弥声拉着元宝立马快步走过，装作自己没有听到。

"程淮又去拍什么电影啦？最近电视上都没有看到他。"

"我也不知道啊，张阿姨。"

"哦，懂的懂的，明星们拍的电影都是需要保密的。"

顾弥声一边和街道两边的阿姨大妈们一问一答，一边带着元宝朝自己家方向走去。

经过一家座无虚席的饮品店时，她停下脚步，站在门口朝收银台看了一眼，发现只有服务生，并没有看见程妈妈的身影，这才往前多走了两步，停在它隔壁的服装店门口，服装店里面也同样是人挤人的场面。顾弥声果断打消自己刚才要从这里进家门的念头，掉转脚步钻进刚刚经过的胡同里，从后门进了家。

"阿声姐姐，你以后要和我哥结婚吗？"这个问题，让一点都没有心理防备的顾弥声脸色爆红。她不清楚程元宝现在是否已经能够理解"结婚"这个词，说不定这个问题在他看来，只是个"阿声姐姐能不能陪我一起吃饭"差不多的问题。

已经从包里爬出来的程淮看到顾弥声呆滞住的表情，他也忍不住调侃地继续加一句："那以后发结婚请帖，一定不要忘记发给这条街上的阿姨们。"

哦，你开心就好，我当作什么都听不见的样子。

南虞街两边矗立着一栋栋楼层不一的落地房。落地房是他们家乡的叫法，不同于外面流行的商品房，这里的房子，一栋就是一户人家。因为相邻主街道，所以这两排的房子都腾出落地临街的房间，作为铺面出租。像顾弥声家就和别人签了外租合同，给别人拿去开服装店。

隔壁是程淮家的房子，那个饮品店，是程淮出资给程妈妈开的。

程妈妈从嫁入程家后，就是一名全职的家庭主妇。以前程爸爸在的时候，程妈妈每天为丈夫、儿子准备一日三餐，有空闲的时间，还会从网上下载菜单，研究西式甜点。后来丈夫过世，儿子也去外地上学，家里只剩她孤单一人。程淮怕她没事做，于是就用一楼的店面，开了一家饮品店。

从去年程淮走红开始，经常会有一些他的粉丝专门来南虞镇，跟镇上的人打听程淮小时候的事情。也没有问出太多的东西，不过还是可以知道他家在哪儿、他以前就读的学校和班级等等，有时候会把程淮在采访中偶尔提到的地点也拿出来和人比对。虽然南虞小镇周边也有风景，但是现在这个小镇的旅游业，一半都是靠程淮在支撑。

渐渐地，来小镇上观光的游客自发地开发出一条特色的旅游路线——程家饮品店、育英小学、第一中学，以及一小时车程之外的高级实验中学。

顾弥声不知道程淮有家不能回的感觉怎么样，她把程淮和元宝安顿在三楼自己的房间里。

有好多年没有再进入这个房间了，多年前的记忆扑面而来，让程淮有点愣怔。顾弥声从小就爱睡懒觉，每天早上需要带她一起上学的程淮，在收拾好自己之后，必须马上跑到顾弥声的房间里叫她起床。

顾弥声的起床气很大，却又不会冲着别人发，只会自己委屈得小声哭出来。后来再长大一点，又不哭了，但是会憋着脾气自己跟自己较劲儿，时常紧锁眉头，一副"我很不高兴"的样子。

程淮也是被顾弥声磨出来的性子，在她因为起床气哭出来之前，立马搂着她，轻声细语地哄她十分钟。在确定她完全清醒过来之后，他帮她拿出今天要穿的衣服，才去门外等她出来。

为此，他每天需要早起半小时。

时隔多年，年少时的所有经历仿佛都被装在这间房子里，一打开房门，就立马变得鲜活起来。程淮自来熟地走进去，环顾四周，发现屋内的摆设并没有什么变化。

元宝对自己进入了顾弥声的房间，有点好奇。出于良好的家教，虽然他好奇地四处张望，但也没有动手去研究自己感兴趣的东西。

"元宝，喜欢什么随便玩，姐姐出去买菜。你陪程淮哥哥一起待在家里玩哈。"

什么叫作陪他待在家里玩？这话说得程淮抬头鄙视地看了顾弥声一眼。

"要是元宝想看电影的话，带他去前面的房间。反正我家都没什么变化，你也熟的。"

一句话，瞬间让程淮的心情变得雀跃。

程淮因为今天心情不错而变得很好说话，所以元宝让程淮陪着他玩捉迷藏的游戏，程淮也欣然答应。

顾弥声的房间，东西摆设得井然有序，对于玩捉迷藏来说，地方有点太简单。于是游戏范围扩展到三楼所有的房间。

这局轮到程淮藏起来。

他等元宝捂住眼睛，就撒开他的小短腿，跑到临街的房间。这里是属于顾弥声自己的小客厅加影音室。在距离窗户边半米的距离，有一个展示架。程淮的目的是爬上展示架，用上面的东西作遮掩。

下午四点，街上的人潮渐渐消退。店铺开始陆陆续续地拉下卷闸门，人们打算回家准备晚餐了。程淮盘腿坐在一个大相框后面发呆，等着元宝投降认输他再出来。从门口的方向看过来，根本不可能找到他。

突然，余光中似乎闯入了其他东西。

程淮抬起头，视线里是对面陈奶奶家刚满周岁没多久的小胖孙，正从房间里晃晃悠悠地爬出来，整个人暴露在阳台上。最重要的是，陈奶奶家阳台的栅栏缝隙宽得足够这个小孩掉下去。而她的小胖孙，正一步一步地往外爬，爬一步停下来看一下，似乎是对外面的世界太好奇，所以出来溜达一会儿。

"对面有人吗？陈奶奶……陈奶奶……"情急之下，程淮忘记了考虑是否会暴露自己的问题，冲着窗口大声地喊着对门的陈奶奶。然而，变小之后，连带着声音也变小了，他在房间里的放声高呼，根本传不到对面去。

对门的陈奶奶，是全职家庭主妇。她的丈夫多年前因病去世，儿子和媳妇常年在外市打拼赚钱，根本没时间照顾孩子，所以他们家的小孩都是留在家里让陈奶奶照顾长大。她家还有一个孙女，在寄宿小学念书。

"程淮哥，I got you！"元宝轻易地循声找来，靠在窗边的墙壁上，使劲踮着脚，才能看见已经喊得青筋暴露的程淮。

他有点困惑，软软地问："你在喊谁？"

暂时没有工夫去回答元宝，程淮双眼紧盯着对面小宝宝的动静，看到他暂时待在原地不动，才回过神来对元宝说："元宝，你去帮哥哥把手机拿过来好吗？在你的小书包里。"

喉咙因为喊得太过用力变得有点嘶哑，再说话就像是有碎石磨着声带。他一气呵成地从展示架上爬下来，在电视柜的抽屉里翻来找去，翻出一捆尼龙绳子和一把剪刀。

这个时候，元宝趿拉着拖鞋，"噌噌噌"地从别的房间跑过来，手里还拿着程淮的手机。

"232546，元宝，请你再帮我解下锁。"程淮恨自己现在根本不能做些什么，时间紧迫，他着急得心跳加速，也没见自己变回来。

到底变身的条件是什么？程淮皱着眉头，只是终归现在没有时间细究。他让元宝把手机放在地上，然后继续指使元宝把旁边的椅子挪到窗户边。

"元宝，"窗户被打开了一条缝，程淮仰头望着站在椅子上的元宝，这个高度刚好可以让元宝看到对面的情况。

他接着问："你看到对面的小朋友了吗？"

元宝点头。

"那个小朋友现在这样子很危险，他就要摔下去了，我们要去帮助他。你先在这里看着小朋友，他如果继续往外面爬，你叫我一声好不好？"

　　得到元宝的慎重答应，程淮快速地拨通了程妈妈的号码。电话里的忙音没过三声，就被接通。

　　程淮没时间和妈妈嘘寒问暖，直截了当地说："喂，妈妈。你有对面陈奶奶的电话吗？赶紧打电话问一下她在哪儿……"

　　"她和我一起出来在滩涂边买海鲜呢。"南虞小镇一面临海，每天下午三四点的时候，出海捕鱼归来的渔民们，会直接在滩涂边摆摊卖刚捕回来的海鲜。

　　妈妈的话让程淮顿了一下，他这才把接下去的话说完："哦，那你让她赶紧回来，她小孙子爬到阳台上去了。"

　　电话那头传来一声惊呼，程淮没想太多直接收线，继而把手机扔到一边。接着，他把尼龙绳穿过剪刀把手，又把绳子绕在自己的腰间好几圈，连带着把绑在身上的剪刀一起打了个死结。

　　"元宝，来把哥哥放在窗台上。"

　　程元宝看不懂程淮的意图，只觉得现在的程淮特别酷，同时也觉得被他接二连三地用"请"字请求帮忙的自己，也很了不起的样子。街道中央的上空，左右交织着几根电线，恰好有一根电线可以通向陈奶奶家的三楼阳台。

程淮站在窗沿边，刮了下元宝懵懂的小脸蛋，然后认真地对他说："元宝，你不是一直想拍电影吗？现在邀请你和我一起合作。我们现在是警察，我要去对面救人，你负责在后面教我怎么做好吗？"

拍电影？听上去很酷的样子，更何况还要负责教程淮哥哥怎么去救人，元宝的虚荣心得到了满足。

于是，无知儿童程元宝被程淮诱骗，要牢牢地抓紧手里的绳子，只有程淮拉两下的时候，他才能松开。

街道上零星有几个人出现，没人抬头注意到，离地面四五米的上空有一根电线，上面好像吊着个会移动的人偶。

阳台上的陈家小胖孙又开始爬动，朝栅栏靠近。

此时，陈家小胖孙也看到了电线上的程淮，似乎对程淮很有兴趣的样子，他变换姿势，坐在地上眯着眼睛露出一个笑容。

你笑得还真好看，可是做的事情一点都不可爱。

得益于平时的锻炼，程淮现在还没有力竭，停下来观察了下情况，看到陈家小胖孙没有再往外爬，他吹了口气，前额的碎发微微翘起又落下。

程淮像个人猿泰山，全身的重量全都落在握住电线的双手上，凭着两只手的轮换交替前进，他小心翼翼地顺着电线靠近陈家阳台。到了阳台外，他左手臂先圈住栏杆，右手再攀上阳台地板，努力撑直手臂，右脚也蹬在地板上，一个借力整个人翻上了阳台。

程淮在那一刹那仿佛卸掉了所有力气，躺在地板上四仰八叉。他粗浅不一地喘着气，却没有忘记愣在一旁专心看自己表演的小屁孩。程淮对他露出一个笑容，说："你差点出大事了，你知道吗？估计你奶奶现在连魂都快吓没了。"

算了，和你说你也不知道。

他用剪刀把系在身上的尼龙绳剪断，轻轻拉动绳子两下。对面的元宝没有忘记程淮的交代，把手中紧紧攥着的绳子松开。

"小屁孩，你要不要回房间？"

一周岁的孩子，听不懂程淮说的话，只顾着对他叽里呱啦说些外星语。

"哦，行，我知道了，那你跟着我一起回房间。"程淮假装听懂了，有来有往地和小屁孩商量起来。

他跪在地上，确认了小屁孩的注意力都在自己身上，才开始一步一步地朝房间里面爬去。动作有些夸张，不过他的目的就是要让身后小屁孩的全部视线都集中在他这里。

小屁孩似乎把程淮当成了玩伴，学着他的样子匍匐在地，咿咿呀呀地跟程淮说着话，最后一起爬回了房间。

陈家卧室里，所有东西的边边角角都包着一层柔软的海绵垫。靠墙的位置，有一张离地不高的大床，床周围的地板上也铺了泡沫拼图板。他环视一圈，并没有看到婴儿床，大概是陈奶奶带着她孙子一起在大床上午休，醒来发现孙子还在睡觉，就先跟着程妈妈去买海鲜。小屁孩醒了之后，不小心滚到地上，因为阳台这边的门没有关好，这才开始胡乱爬到了阳台上。

这个逻辑还挺符合实际情况的。

既然房间里的摆设让小孩子一个人待着也没什么危险，程淮决定就让小屁孩自己待在房间里等他奶奶回来。算了一下时间，估计也不需要多久，陈奶奶就可以到家了。

"再见啊，小朋友。"程淮转身朝外走去，没有回应身后小朋友的外星语。

阳台的门是从里往外打开的。程淮走到阳台上，试了一下连接门的轴承，确定自己等下可以关上后，把门打开到最大程度，门把手的位置刚好落在阳台栏杆一侧的扶手上。他迅速地爬上栏杆，站在扶手上面，双手抱着门把手，两腿用力一蹬，借着蹬开栅栏的反作用力，合上了大门。

房间里的小屁孩因为看不见程淮，突然大哭起来。程淮站在阳台上，听着里面一声高过一声的哭声，脸上的笑意慢慢明显起来。还好事情没有发展到不可挽救的地步，多听一会儿小孩子鲜活的哭声，也觉得不错。他看着手里的绳索，本来是打算如果不能把小孩骗回房间里，就把他绑在阳台上的。看来，现在也用不上了。

程淮转过身，按照来时的方法，把自己又绑起来，然后原路返回。

"程淮哥哥，你刚才特别像蜘蛛侠。"留守在大本营的元宝和程淮击过掌，想起自己前段时间看的电影，打算用蜘蛛侠来夸奖程淮。

"你还看过《蜘蛛侠》啊？"现在的小朋友，见过的世面还真多。

小包子伸出右手朝上，做了一个蜘蛛侠的经典动作来证明自己没说谎。

"我们老师给我看的。"

程淮把身上的绳子全都清理掉，然后问他："那你记不记得，蜘蛛侠在救了人之后，都是怎么做的？是不是不会和别人说？"

这个年纪的小朋友特别喜欢模仿英雄。元宝似乎回想了电影里面的情节，然后励志学习蜘蛛侠，不告诉别人今天和程淮做过的事情。

但是，等到顾弥声被程淮打电话叫回家，程元宝立马屁颠屁颠地跑过去，词汇量不够的时候，手脚并用、指手画脚地讲述程淮是怎么拯救对面小屁孩于危难之中的故事。

程淮在顾弥声崇拜的眼神中，和她串好了词，统一了口径。比如，是她看到对面小宝宝快要爬出阳台，因为她手机停机打不出电话，所以发微信给程淮，让他帮忙通知。

尽管漏洞百出，但好歹堵住了程妈妈的疑问。

至于孩子是怎么回到房间，阳台上的门又是怎么关上的这个问题，只有扔给"冥冥之中天注定"这个解释了。

这晚，大家终于找到了声声慢，其实也是程淮死忠粉的证据。

因为她破天荒地发了条微博说：今天谁都不能黑程淮一下，谁黑他，我就跟谁急！

/Chapter 17/
你聪明，你什么都对。

程元宝在程妈妈回来之后，就被她接到了程家住。运用他与生俱来的嘴甜优势，短短两三天内就在南虞街上混得风生水起。通常出去玩一圈之后，经常有好几位小女生跟着他一起回来。

顾弥声在家里的日子也过得特别充实，每天早上去一次菜市场，除了一天往医院送两次饭和骨头汤之外，就是做家务，或者在空闲下来的时候把程淮塞在包里，往隔壁程妈妈开的饮品店一坐就是一下午。

"淮哥，你最近在哪里？微博热搜上面都没有你了。"虽然最后一句是在抱怨，但是谢行一的声音高昂澎湃，一听就知道，谢行一大概是要说些什么好消息。

可能是太久没有听到谢行一在自己耳边念叨行程，程淮居然开始有点想念他。所以，程淮回答问题的语气也格外温柔："回老家休息了。"

"我好想你！我们好久没见面了！我都快闲得发霉了。"谢行一得了便宜还卖乖。程淮这个 Boss 都任性地放假了，工作室的所有人也跟着老大一起放了长假。

谢行一见缝插针地表达了一下对程淮的想念之情，然后又切换成严肃的画风，说了正事："前段时间圈子里就在说，国家台筹备了好几年叫《国家制造》的片子，要赶在明年的国庆播出。导演已经确定了，是宋文治。宋文治！"

程淮的呼吸稍稍一顿，但立马恢复正常。只有他自己知道，内心因为这个名字而出现一丝异样。

宋文治是国内青年导演中的佼佼者，他导演的片子大部分都在国际电影节上拿过奖，其中的《雨玲珑》还在奥斯卡上拿过最佳外语奖的奖项。在国内导演圈，他早已登顶。不过他一直很少启用新人，合作的演员来来回回都是那几位大家眼熟的前辈。

程淮一直想和宋导演合作一次，以前他的咖位不够，拿不到试镜，去年开始他意外走红，演技也得到许多导演的赞赏，但是听说宋导在闭关休养，手头上没有要开机的片子。

也难怪谢行一这么激动，只要导演是宋文治，就算不给片酬，也有好多人为里面的角色抢得头破血流。

"虽然是电视剧，但这次的片子意义重大，能够在里面参演的，不是资历深的老戏骨，就是名气不错、人品好的一线当红演员，听说连客串的都是大牌明星。刚刚我邮箱里收到国家台发来的试镜邀请。"

"角色呢？"

"这部戏没有绝对主角。不过，那么多单拎出来都能挑大梁的演员中，你试镜的角色戏份很多，算是占着这部剧的一个主役位置。"谢行一对这个试镜特别满意，闭着眼都知道，这部戏肯定能火，"时下最流行的民国片，从头到尾都是要穿军装的，观众群体范围广，估计能引领一波军服时尚。"

国家台筹备的关于这种题材的电视剧，对不参演演员的人品都要经过层层把关，观众们都知道这个意思，所以参演的演员会在他们眼里再镀一层金。估计播出之后，所有人都会变成国家级演员，也是刷国民好感度的最佳时候。

谢行一使出自己的三寸不烂之舌，用尽毕生的语文功底把这部戏快夸上了天。程淮却越来越淡定，眼神幽静，似乎谢行一说的不是和他相关的事情。

还是不见电话那端的程淮表态，谢行一着急起来，自己家的影帝千万不要在这个时候任性啊！

"反正你现在没有接什么工作，这不是正好吗？我等下发我手上的片段给你看下，刚好你有时间准备下这个试镜。通过了之后，大概过一两个月就可以进组了。"

宋文治不喜欢手下的演员同时赶两部戏，认为这样会影响演员诠释剧中人物的状态。程淮最近不需要忙其他事情，在开拍之前，还可以安心念书。

"那我考虑下吧。"

到底还是没有一口拒绝，程淮自嘲地笑了两三声。他还是太年轻，不舍得放弃这个大好机会。可回归现实，以他现在这样的情况，似乎真的不太适合。万一有幸获得角色，他的身形变化会是最麻烦的事情。

"好吧，你快点给我回复啊。"如果到时候还是拒绝的话，谢行一决定他要大着胆子，特事特办。

只是，谢行一没想到，第二天，他和整个团队就又开始忙起来了。

隔天中午，娱乐圈发生了一件地震级的事件。

中午两点半，一个新注册的微博小号放出一个音频，然后以一分钟转发上千条的速度，迅速扩散到整个微博圈。连带那条只有一句话的微博内容也被千万人研究——"就当是我安全感不够，本来想在未来日子里回忆和你在一起的美好时刻，居然变成现在指责你变心的证据。"

音频里的声音很有辨识度，质地如泠泠幽泉滑过心脏，曾经所有人因为这个音色，把各种各样的赞美都付诸他身上。现在也是因为它，评论底下全是带着各种恶意的揣测和嘲讽。

音频里面的人说：

"知道我是谁吗？我是程准。"

"刚在外面看到你，你好漂亮啊，我一眼就记在心里了。怎么样，跟我一起走吗？"

"我喜欢啊，当然喜欢了。不喜欢我能带你来这里吗？"

"宝贝，我好喜欢你，留下来好吗？"

……

无数人都在那条微博底下评论，问 PO 主到底是怎么回事？

过了几分钟之后，PO 主在评论里回复了一个人："我在影视城当群演的时候遇见他，后来每次他来这边拍戏的时候都和我在一起。我以为我们已经算是交往了，几天前他突然说要分手。我挽留无果，只能发出这段音频来证明我们在一起过。"

一时之间，所有魑魅魍魉全都出没，舆论一边倒，只要有人敢出来为程准开脱，说一句好话，铺天盖地的评论会把他淹没。

"这是有人在搞事啊。"谢行一看着微博上越演越烈的趋势，恶狠狠地在电话里说，"要是被我知道是哪个王八羔子在黑你，我一定在圈里整死他。"

程准低声笑了很久，眼睛里迸发出来的锋芒，像是从西伯利亚吹来的西北季风，冻得人血液凝固。

"我都不知道我有这么一个……亲密伙伴。"

说亲密伙伴的时候，他的声音无端地变得轻柔缠绵，可在谢行一听来，却是头皮发麻、心惊胆战。

"应该是有人知道你收到了《国家制造》剧组发出的试镜邀请，想用丑闻把你彻底剔除。"谢行一抖了抖手里拿着的纸张，眼冒怒火，"我拿到了试镜名单，我们来排除一下……"

"名单上面的人，我们手头有什么关于他们的消息，就全都放出去。这件事情不会这么简单，我们要做的，是暂时把这水弄浑。"程淮躺在沙发上，手臂盖着眼睛，神色不明，只是安排的事情已经有条不紊、逻辑分明，"网上跟风报道的微博营销号，全都发一遍律师函。把每个小号的 IP 都追踪到，然后，记得报警，我记得之前说过，虚假消息转发超过 500 就可以判刑。"

做得这么绝，是因为他没有什么可以让人指摘攻讦的地方，自然也没必要给自己留退路。程淮想把这次的事情一次性解决完，就算他心里有不去参加试镜的原因，但也不能这么被人撵下去。

谢行一在小本子上记着一会儿要做的事情，旁边有人提醒他看微博。

第二波的黑料，又被几个微博账号陆陆续续贴出来。这次是微信聊天记录，内容也和之前被曝光的音频对话相差无几。

底下有人引导舆论风向，说程淮一直走高精尖路线，这些年连绯闻都几乎没有，赚足了大众的好感。没想到知人知面不知心，这下子全都被爆出来了。

简直毁三观，网友们纷纷觉得自己受到了欺骗。

人落难的时候，谁都想过来踩一脚，网友们把程淮硬生生说成一个十恶不赦的社会渣滓。

谢行一被气得笑出来。他用自己的经纪人账号，发了一条微博："我都快嫉妒死了。今天之前，我一直以为我淮的手机只是拿来打电话、打电话和打电话。他的世界里，没有文字消息这种玩意儿。"

尽管还有一个顾弥声在"啪啪"地打谢行一的脸，但他的这条微博基本上是没有错的。然而，被假消息迷惑得不分黑白的围观群众，并不相信谢行一的话。

一时之间，程淮的微博粉丝数锐减，微博底下的评论戾气甚重。

顾弥声提着已经空了的保温盒，从病房里出来。经过护士台的时候，兜里的手机振动了一下，她止住脚步，拿出手机一看是苏晓发来的语音。点开微信图标，等待消息刷新的时候，护士站里其中一个值班护士说了句："没想到他玩得这么开啊，亏他还是我们这里的人，我之前对他很有好感，经常去电影院追他的戏呢。"

"我们这里的人""去电影院追他的戏"……顾弥声感觉她们像是在讨论程淮，但听起来又有点不太对劲。恰好，苏晓的语音也被点开，里面是她急促的声音——"阿声快点上微博看看，有人在放假消息黑程淮。"

顾弥声顾不得回复苏晓的消息，赶紧登录微博。凭程淮现在的人气，估计真要出什么事的话，微博上面应该已经翻天了。

果不其然，微博首页上的所有消息，不约而同地被一个音频霸占。顾弥声走到医院小花园的角落，调低声音，把音频从头到尾听了三遍。

虽然是程淮的声音没错，但音频里面的内容越听越熟悉，总觉得在哪里听到过，可是脑子里只有一个模糊的印象，完全没有一点头绪。

顾弥声皱着眉，不确定自己是否真的曾经听过这些。有时候，你们一定觉得生活中的有些片段很熟悉，后来才想起来，好像是在以前做过的梦里出现过。她不知道现在是重温一遍梦境中的事情，还是先着手调查音频来源。她心里始终相信程淮不可能做出这种事情。无论在哪里听过，她都要帮忙找出这个音频的真相。

顾弥声难得地找了一张程淮正常的照片，然后发微博说——

声声慢 V：虽然他有时候让我讨厌，但我非常肯定，他不是这种人。

坚守着最后一丝底线的淮粉，看到这句话的时候，泪腺不争气地崩溃。

与其说他们相信自己喜欢过的偶像，倒不如说他们是太过相信那些日日夜夜的真心、相信自己追逐的热情、相信他澄澈如少年的目光，也相信曾经的天真赤诚没有被错付。他接受娱乐圈的打磨，但又从不屈服，固执地保留自己最纯粹的本质。所以，他一贯低调，与绯闻隔绝，每部戏的演技都有提升。他把演戏当作本分，活得不像是个圈内人。

顾弥声回到家，慢腾腾地洗好碗，然后才上楼去找程淮。

程淮的私人手机在午后就没有安静过，从老师到同学，再到圈内的朋友和合作过的导演，都发来消息关心。顾弥声走到三楼的时候，他正一字一句地措辞，群发信息给所有人表示感谢。

"你还好吗？"

"脏水泼身，除了有点恶心之外，都还好。"

顾弥声点点头，坐在程淮的旁边："我相信你。这件事情一定会水落石出的。"为了让他感受到她的安慰，顾弥声倏地伸出手，在他头上抚摸了几下，发丝光滑柔顺，手感不错，"一哥那边有做些什么吗？"

程淮没有回答。他因为顾弥声刚才的摸头动作，整个人还处在茫然的状态。他一脸错愕地看向顾弥声，从他记事以来，就被好多人摸过头，父母、老师、好兄弟，可从来没有过同龄女性。

刚才顾弥声在他发顶的摩挲，让程淮的心跳漏跳一拍，这种感觉有点新奇，却不难接受。他稳了稳心神，才回答："工作室已经开始发律师函，不会轻易放过造谣的人。"

"那就好，你继续忙吧，我去二楼书房找点东西。"

程淮点头，目送她离开后，继续用手机拨打电话，感谢在网上站出来替他讲话而受到非议的朋友们，也在声声慢的微博底下，留了一句"谢谢"。

顾弥声去二楼的书房打开电脑。

她先登录微博，下载了音频，把声音开到最大，戴着耳机翻来覆去地听。

说实话，音频里的程淮的声音听起来有种别扭的感觉，不像平时说话那样自然，就好像是端着腔调……端着腔调？顾弥声的脑子里划过一道亮光。

程淮也只有在每次访谈面对镜头的时候，才会应谢行一的要求，为了保持自己的形象，才会端着腔调。所以，可以有理由猜测，这个已经被转发了三十多万次的音频，大概是从程淮过去的一些访谈里，东拼西凑剪辑出来的。

不过为了一点一点地去论证，这个工作量有点大。

顾弥声重新又把音频听了一遍，八分钟的内容，里面的句子差不多已经记了个七七八八。在网上搜索程淮过去所有的现场采访、电视访谈、发布会和综艺节目……为了不浪费每一秒钟的时间，她并没有特地去网上搜程淮的一些剪辑视频。

一个多小时之后，头昏脑涨的顾弥声暂时摘掉耳机，去楼下简单煮了点面，端到三楼和程淮一起吃完，又重新回到书房，继续戴上耳机。听得耳朵有点疼起来、差不多要放弃的时候，终于被她找到了音频里的其中一句。一下子，萎靡不振的状态全然消失，她更有精神地打开下一个视频。

一旁安静了一个晚上的手机屏幕，突然亮起来。

"弥声？"钟以梁发来一条微信。

"在的，学长。"

"听说你这段时间请假了？怎么了，你还好吗？"

顾弥声在电脑键盘上按了一下停止键，双手飞快地打出一行字："挺好的，就是我家里有些事情，所以请了几天假。再过几天，我就可以回学校了。"

"学长，"顾弥声又发了一条消息，"我现在有事情，等忙完再聊哈。"

"好，我刚从外面实习回来。那先不打扰你了。"

顾弥声重新戴上耳机，刚准备继续之前的进度，手机再次响起。

待在三楼客房、一直注意门外动静的程淮，看顾弥声一直没有上楼，忍不住打来电话。

"阿声，你还待在楼下做什么？"

看着屏幕前点开的文件，不能如实相告的顾弥声随口说了一个不靠谱的理由："拯救全世界。"

程淮愣了一下，听到电话那头有敲击键盘和鼠标的声音，便知道她还在书房里。他顺着顾弥声刚才的话说："已经十一点了。全世界都要睡着了。"

他的声音夹杂着笑意，干净的音质回荡在耳边，在这个深夜里显得格外温暖。顾弥声回想起下午在微博评论底下看到的那些讥讽，两相对比，更心疼程淮。于是，她故意开玩笑想让他开心一些："哦，熬夜的都是我们这群漂亮的人。"

果然，电话那头的人低沉地"哧哧"笑了几声。

"拯救地球需要用电脑？"她那边的背景音乐、键盘和鼠标的声音都快组成一支欢乐奏鸣曲了。

"因为我是靠脑力征服大家的。"

"好，你聪明，你什么都对。"程淮似乎妥协，"早点睡。"

"你也早点睡，晚安。"

顾弥声打了个哈欠，起身去给自己冲了一杯咖啡，又重新坐回了电脑前面，继续戴着耳机，看剩下的采访。

程淮拖着手机，从三楼台阶一级一级攀爬下来，静静地坐在书房门口，把声声慢的所有微博，仔仔细细看过去。他的嘴角扬起一条弧度，有时候捂着眼睛，眼眶微微有些湿润。

门缝里透出来的光，一直没有熄灭。程淮把所有的微博全部看完之后，一遍遍下拉页面刷新，似乎无比坚信，声声慢即将要发一条新微博。他想要第一时间看到。

早上 6 点，声声慢的微博也上传了一个音频。

声声慢 V：论张冠李戴，我只服做这个音频的人。哦，不，说不定是团队呢？

这个音频和大家听过的一模一样，只是增添了字幕。

她花了一个晚上的时间，把程淮从出道以来的采访以及电视访谈、综艺活动等视频，和网上那段录音做了对比。

里面的每一句录音，在以往的采访视频中，都有原话。把时长八分钟音频里面的所有句子全部比对完毕，顾弥声在网上搜教程，现学现用，给这个音频做了字幕，把每一句话的来源都在字幕上标明了出处。

把自己加工好的音频重新上传到网上之后，她的眼皮再也支撑不住，瞬间合上，闷头睡倒在电脑前。

程淮把音量调到最小，点开视频，眼前的字幕开始变得模糊。他似乎能看到，顾弥声在电脑前，一边戴着耳机比对，一边打字记录匹配相符的片段是来自于哪里的景象。

八分多钟的内容，涉及的采访视频鬼知道有多少个，她把每一句话的来源全部找到，清清楚楚地标注出来，让所有质疑的人哑口无言。

程准自认为不是泪点低的人，可现在内心涌动的情绪，让他的眼眶酸胀，喉咙发紧。突然，他感觉脑袋一阵生疼，他发现自己变回来了。

　　他自来熟地去顾爸爸的衣柜里拿了一套运动服，经过书房的时候，把地上的碎布和手机捡起，重新回到三楼。

/Chapter 18/
程淮今天是要搞事吗？

谢行一发誓，这辈子自己心中的女神只有声声慢。

他着急了一晚上，嘴角上火地起了好几个水泡，光是律师函就发了几十份。他翻来覆去想了很多办法，可最后还是被自己一个一个推翻掉，直到不知不觉中睡着。早上一睁开眼，眼睛迷迷瞪瞪还看不清楚东西，他就已经摸出手机打开微博。昨天有计划、有组织地爆出的不少程淮的黑料，让人目不暇接。如果他不是程淮的经纪人，不了解程淮的为人，肯定也会对程淮的印象大打折扣，这就是对方想要达到的目的。

不管手段高不高明，反正是收到成效了。短时间内如果他们这方不能有理有据、让人信服地反驳回去，程淮和这次的负面新闻就要永远挂钩。自然，国家台那边的试镜，也要打水漂了。

但是，今天，一起床，风向又变了。

声声慢就是给他们指引人生方向、照亮人生旅途的指路明灯！

谢行一点开视频，看得心潮澎湃，热泪盈眶，最后激动得拍案而起，立马打电话让危机公关团队登录程淮工作室的蓝 V，转发"声声慢"的微博让更多的人看见，并且第一次郑重其事地公开感谢声声慢为程淮做的所有事情。

程淮工作室 V：无上崇高的敬意，献给 @声声慢。感谢声声慢为 wuli 程老板的贞操守护战做出的卓越贡献。感激之情无以言表，如果你不嫌弃的话，我们斗胆奉上程老板聊表谢意。

所以说，程淮的团队不是吃干饭的，这条微博显示了他们强大的公关能力。几十个字就把大家的关注焦点转移到"程淮被团队免费送给声声慢，他自己知道这件事吗"的重心上。

看完视频的网友们全都目瞪口呆地转发，一点也不奇怪程淮工作室的蓝 V 为什么会对声声慢这么感激。光是视频最后的字幕标出来的出处数量，就让人望而生畏。短短一晚上的时间，她把所有的录音全部一一找齐，按照时间轴又加上字幕，能做到这一点的也只有声声慢了。

微博底下的评论，差不多每一条都带了很多感叹号。

"官博，是不是被盗号了？！"

"程老板醒过来发现，自己工作室的人造反了。"

"大龄青年程老板，被人贩子组团绑票，接盘手疑似声声慢。"

"声大简直就是人生赢家。想斥巨资买下声声慢这个账号！"

这些网友，是还没看视频的。

"有点嫉妒程淮有这么好的粉丝。"

"从此，粉丝界有了自己的标杆人物——声声慢。"

"以前还希望声大可以爬墙，喜欢我家爱豆。一个视频轻而易举地证明我有多痴心妄想。"

这些网友，是被顾弥声的视频震撼到的人。

天蒙蒙亮，趴在电脑桌前睡着的顾弥声因为睡姿不对导致肚子胀气，难受地醒了过来。身体酸疼得像是全身骨头都错了位，被压着一个晚上的两只手臂酥麻、刺痛。

好不容易缓过来后，她才去二楼的浴室洗了把脸，回来准备关电脑就去三楼房间补眠，关网页之前顺手刷新了微博网页。看到程淮工作室的 @ 之后，她就发现自己又被坑了。

这么明晃晃就出卖老板，可见程淮平时的人品是有多差！不，帮了他们的忙、反而又被拉下水的自己，人品是有多不好？程淮微博的五千万粉丝是吃素的吗？程淮要是真的被人打包送给自己的话，那群粉丝肯定会来淹了她这块一亩三分地。

于是，下一秒，声声慢立刻又发了一条微博。

声声慢 V：我嫌弃。

干净利落的三个字，没有指名道姓，可是明眼人都明白，她的嫌弃指的是什么。

"声声慢，黑粉界的天地良心。保持下去，程准是我的。[微笑 .JPG]"

"论黑粉的自我修养。"

"反了天，你居然嫌弃 wuli 准？那我就跟着你嫌弃！反正我是你的脑残粉！"

"有人嫌弃程准，活久见系列。"

声声慢到底是什么样的人？自称是黑粉，开微博账号以来，一共发了三千多条微博，每一条都是关于程准的，并且所有微博都用嫌弃的语调来调侃程准。可恰恰，每一条微博都在帮程准涨粉。程准的表情包，让他更加接地气；关于程准的各种剪切视频，也让他在观众眼中的形象，更加全面立体。如果程准有什么事情，她比工作室的公关团队还有效率。而且，多次帮程准上了热搜。这种不走寻常路的粉丝，今天居然明确说自己嫌弃程准。

女神，果然和常人不一样。

谢行一浏览了一下网络上面关于程准音频的反应，收到消息的营销号都以迅雷不及掩耳之势删掉了昨天的跟风微博。他坐在电脑前，讽刺地冷笑几声，反正已经截了图，也发了律师函，他完全不在乎。

看了眼手表，已经是早上七点多，谢行一壮着胆子拨打

morning call 给程淮。

现在网上形势一片大好，就算程淮被吵醒，也应该不会生气。

"告诉你一个好消息。"

"音频的事情解决了。"程淮一直清醒地看着天花板发呆，熬了一晚上的嗓音比平时来得低沉厚重。他的陈述语气被过于兴奋的谢行一理解为疑问句。

"对，解决了，那段造假的音频已经被彻底揭露真相，其他的微信截图，更没有什么可信度。"谢行一的口气轻松了很多，想到现在网上的动静，嘴角笑容更加灿烂。

程淮把这通电话切换成扬声器模式，又把它放到后台运行。然后打开微博界面，看到工作室转发的内容。

他舒心一笑："做得不错，整个团队年底奖金翻倍。"

"呃……"谢行一有点尴尬，都怪他一开始没有说明白。他立刻补充，"录音这件事情不是我们团队解决的。"虽然说出来有点不好意思，但他们的公关团队真的拼不过声声慢，"嗯，淮哥，这次的功劳又是声声慢的。声声慢，你记得吗？"

暂时不知道怎么定义声声慢的身份，只能用粉丝来称呼。黑粉勉强也能称得上是一种粉丝吧。

"当然记得。"

也是，声声慢已经多次成为娱乐圈的热门话题了。她的光辉事迹被好多娱乐大 V 拿来介绍。身为受益者的程淮，怎么可能会不记得？谢行一这么一想，觉得非常合理。

　　程淮在手机屏幕上随意打了几个字，眼帘低垂，浓密的睫毛遮住了眼睛里的神采。看到微博界面提示发表成功后，他才回过神，重新和谢行一说："大家的年底奖金照旧翻倍，这两天辛苦了。"

　　程淮 V：真遗憾。// 声声慢 V：我嫌弃。

　　这一连串的微博像是短小精悍的反转剧，让大家不断跌破眼镜。特别是程影帝的微博常年不见更新，一更新就让整个网络全都炸了锅。

　　"身为语文课代表，我有点不明白程影帝要表达的意思。"

　　"从这两条微博中，我居然看出来 CP 感！"

　　"国际影帝和黑粉界大触，这个 CP 有点甜。"

　　"如果是声声慢，我完全找不到不答应的理由。"

　　今天的事情，被大家用一句话总结——人生赢家声声慢。

　　顾弥声的房间朝南，早上八九点钟的时候，阳光就能照进来。室内的温度在升高，顾弥声眯着眼摸索着空调遥控器。睡眼惺忪的她模模糊糊地看到房间的榻榻米上坐着一个人，吓得心脏骤停，整个人都僵住。

　　等她看清楚是谁之后，身体里的警报一下子解除，随之而来的是压抑不住的起床气。顾弥声深吸了几口气，才强压住快跳出嗓子眼的心脏，声音里充斥着不耐烦："程准，你大早上坐在这里，是想吓死我啊？"

她把自己重重地重新摔到床上，翻了个身，然后发现，不管怎么躺，总之没有一个姿势让她觉得舒服到可以重新睡过去。她又侧过身，对着程准，看清楚他重新变回正常，也没有什么心思问他这次变回来的原因。

顾弥声把整个人蜷曲在被子里，双脚恶狠狠地蹬着被套，想要把睡不着的烦躁情绪发泄出来，默默地把脑子里面所能想到的骂人的话全都用在程准身上。

突然，一只手隔着薄被，轻轻放在她的头顶。如同是被魔力附身，她满肚子的怨气被卸得一干二净。

紧接着，她死死抱住被子，可包裹着头的被子却被轻松地掀开。

顾弥声忽然把脸埋在手心里，她的头发被她揉搓得像个鸡窝，昨天通宵找资料做视频，黑眼圈一定快要掉到下巴了，脸上的毛孔大概也很明显。早上没刷牙，说不定还有口气。

"你出去！"

声音从捂得严严实实的掌心里传出，闷闷的，听着含混不清，察觉不出她话里的情绪。

程准没有起身，温厚的手掌轻轻摸着她的头，连同她头上乱七八糟的长发也被他小心翼翼地拆解完毕，柔顺地垂在枕头上。顾弥声听话得让他有种错觉，自己是在给小动物顺毛。

眼中慢慢染上万千柔情，眼前的画面交错，一个个记忆的光圈像是黑白默片，在他脑海中清晰地浮现：十五岁的阿声赖床，被他用一首《星晴》哄好；十岁的阿声软软糯糯，抱着他的手臂睡觉；八岁的阿声眼圈通红，他抱着她一遍遍地哄；五岁的阿声抽抽噎噎，哭得一惊一乍，却让五岁的他心甘情愿地想要照顾她到永远……

存在他骨血里的那么多的鲜活回忆，和眼前的顾弥声重合在一起，程淮的眼眶慢慢变得温热，弯腰低头，在她细软的发顶，轻柔地印下一个吻。

程淮今天是要搞事吗？

顾弥声从发顶感受到一个柔软的触觉，她下意识地想用手去摸，但又克制住了。她隐隐约约地明白是什么，所以那块地方才会烫得让她头昏脑涨，血液升温，整个人像是要燃起来了。

"得到了你淮的早安吻，是不是该起床了？"他顺着顾弥声微博里面对自己的称呼调笑说。

"凭什么？"顾弥声嘴硬，她低下头，胡乱扒拉了一下头发，特地避过那一块地方。默默做了三秒钟的心理建设，她才视死如归地抬头看向程淮。

"我今天很可怕？"

"没有。"

"那你为什么表情这么狰狞地看着我？"

不看你总行了吧！顾弥声觉得自己今天的气势很弱，她率先把视线移到别处，看天看地就是不敢看程淮，问他："你怎么又变回来了？"

顾弥声没有看到，听到这个问题之后，程淮的目光一下变得温柔，眼睛里都能掐出几两水。

"因为喜欢你啊。"

因为昨晚陪你到天亮，因为看了视频才知道你为我做了那么多，因为喜欢你，所以一靠近你，心就会越跳越快。

顾弥声听到这个答案的时候，正掀开被子准备下床。她的左脚已经踩在了实木地板上，然而，听清楚钻进耳朵里的每一个字后，她的腿一软，整个人往前扑倒，正扑进了程淮的怀里。

他把顾弥声环住，按在自己的胸口，抱得密不可分。一只手轻托着她的后脑勺，下巴抵在她的肩膀上。他似乎对顾弥声阴错阳差的投怀送抱很满意，隔着两层衣物，顾弥声都能清楚地感觉到，他笑得胸腔不断震动。

顾弥声的脸变得通红，连耳垂都有点烫手。她暗自唾弃自己的不争气，然而鼻尖充斥着清冽好闻的味道，让她甚至不敢放肆呼吸。好像一吸气，来自程淮的气息就会钻进她的鼻子，进入到身体内，融入到她的血液里面，再也分不开。

忽然，程淮后退两步，和顾弥声稍微拉开了点距离。他眉眼舒朗，琥珀色的眼睛仿佛是被浸泡在水里，清澈澄亮、熠熠生辉，让顾弥声不自觉地屏住了呼吸。

"阿声，从出生开始，我们就绑在一起。我以前想过，你以后会陪在谁身边，除了我，这个问题是无解。只要我一想到，你如果不属于我，我就不敢再继续想下去。"

他的眼睛牢牢地盯着顾弥声，目光如水，眼神是前所未有的认真，似乎把所有的真心全部集结在眼底，让顾弥声——看明白。

"我原本相信，自然科学能够解释这世界上的所有事情，连爱情都能被赋予定义。就像，它是由多巴胺激素支配一样。可后来，我发现，喜欢这个东西更像是玄学。冥冥之中，老天安排你出现在我身边，久而久之，你的存在变得如同呼吸一般自然，而我在风浪与险滩中沉浮已久，最后穿越重重人海，回归到你身边。

"有人说，这世界上的爱情千姿百态，有的波澜壮阔似骤雨，有的轻快温柔像春风，有的谨小卑微如尘土，有的光华璀璨比星河。而我爱你，自然得如同根植于骨血中的细胞。"

顾弥声的大脑里一片混沌，她只能听到似乎是从遥远的天边传来的一道缥缈声音说："你可能不知道，其实我是顾弥声至上主义者。所以顾弥声，我们在一起好吗？"

顾弥声不知道自己到底有没有点头答应，反正，程淮的眼角眉梢，全都是藏不住的笑意。那就是没有听错，现在，他们是男女朋友关系喽?

但是,她的男朋友对她说的第一句话是:"身份不同了,那么,声声慢大人,以后黑我的时候,请手下留情一些。"

从青梅竹马变成恋人,相处模式总要改变一下,才能对得起他们身份上的转变吧?所以,现在和程淮,要怎么相处?请不要嘲笑刚刚开始初恋的顾弥声业务不太熟练。她满脑子都想着这些问题,连带着看程淮也有一丝别扭。

顾弥声洗漱完毕,从楼上下来到达餐厅,程淮已经做好了早餐——牛奶加三明治,还有一个苹果。他额外多给了她一个煎蛋。

他把煎蛋放在顾弥声面前:"喏,把我的最爱送给你。"

顾弥声"咕噜咕噜"喝了几口牛奶,听到程淮说的这句话似曾相识,眼珠一转,相隔不算太久的记忆被调动起来。

"你的最爱有点多,上次给我油焖大虾的时候也这么说过。"

"那是你搞错了对象。刚才那句话是对煎蛋说的,上次那句话是对油焖大虾说的。"

所以,他的最爱是自己?顾弥声的脸红得通透,比盘子里的苹果还鲜艳。

"等下我回隔壁一趟,换过衣服再陪你去医院接叔叔阿姨回来。"昨天医院开了出院单,等顾爸爸挂完最后两瓶盐水,就可以回家了。

见顾弥声还因为刚才的话有些羞涩，点头如捣蒜的样子让他心情变得更好，他又凑近一点，开口说："要不，你陪我一起去见见我妈？她大概会很高兴。"

顾弥声装作听不懂他话里的意思，装傻说："我天天见程阿姨，程阿姨每次看到我也都很高兴。"抬头看到程淮促狭的样子，顾弥声又有些孛毛，"看什么看，没见过我害羞啊？赶紧吃完回去换衣服，我等你一起去医院。"

顾弥声每次不耐烦但是又坦白承认自己当下状态的样子，都能让程淮的心软得一塌糊涂。程淮摇头笑了一下，三两口解决了早餐，接过顾弥声的碗，洗完了才回家。

/Chapter 19/

世界果然是很小，兜兜转转，都
是身边的这些人。

住院部的人员出入管理并不严格，出现在病房的程淮并没有被其他人发现。顾家父母看到戴着鸭舌帽的程淮都有点意外，赶紧让他进来坐着。

"来医院干什么？等下我就可以到家了，白白多跑一趟。"虽然这么说，不过顾爸爸的嘴都快咧到了耳后根。他问程淮，"最近还在拍戏吗？忙不忙？"

"忙完了。之前听说您住院，就该回来探望您的，但那时候事多，导演不给假，只好让阿声帮我来问候一声。"程淮搬了张凳子坐在床边，嘴里的话听起来十分可信，"今天回来刚好碰到阿声，就和她一起来接您出院了。"

顾爸爸说："工作重要，你们这工作更加不能耽误。我这里都是小事儿。"顾妈妈也在旁边听得直点头。

程淮仔细观察了下顾爸爸的气色，柔声问："现在感觉怎么样？"

"左腿还好，打了石膏也碰不到。就是阿声啊，天天煲骨头汤给我喝，现在听到这三个字，我就跟已经喝了一大罐一样。"

听到顾爸爸这么说，程淮颇有同感地点点头，他住在顾家的时候，也天天喝骨头汤。不过这个时候，他还是得讨好顾弥声的："不是都说以形补形吗，骨头汤含有钙质，有利于骨头恢复。阿声最近懂事了。"

为人父母，都希望自己的孩子被别人夸奖。深谙和长辈说话技巧的程淮，自然让顾家父母又是喜笑颜开。

话题在几分钟内换了好几茬，最后聊到了前段时间顾家父母去看了程淮的电影，里面他饰演的角色，连顾爸爸都看得眼眶湿润。

顾弥声一直没开口说话，看到爸爸妈妈现在的聊天势头，恐怕说到晚上也打不住，赶紧起身拿起桌子上的单据，去办出院手续。

程淮的变身，莫名其妙地开始，似乎又莫名其妙地结束了。以往保持正常体形的时间都不会持续一天，那天直到傍晚，他都没有出现过任何不适。追根溯源，也只有飞机上那两颗口味独特的感冒药有点问题。程淮只当现在是感冒药的后遗症过了，虽然还不是很肯定。

于是，低调出现在南虞镇的程淮又被网友们曝光在网上，一大拨迷妹纷纷表示要买票去南虞镇围观，希望能够近距离多看一眼自己的男神。

这让顾弥声也把回 Z 市的计划提上了日程。

回去的路上，是程淮开车，带着顾家父母和程妈妈塞的土特产。

元宝和顾弥声把他在南虞镇学会的"两只小蜜蜂""炒萝卜""一朵喇叭花"……的游戏全玩了个遍后，才窝在座椅里睡着了。顾弥声拿出一件薄外套，盖在他身上。车厢里没有奶声奶气的童谣，又一片寂静无声，但丝毫没有半点的尴尬。

顾弥声把自己一直想问、可又没好意思问出口的事情，拿出来摆在明面上。

"你，怎么知道声声慢是我的？"

在网上抹黑了他这么久，最后在确定关系的下一秒就被当事人抓包，这件事情怎么想都觉得尴尬。

"你在微博上发了迷你程淮的动图之后，我就确定了。"

很早之前，程淮就知道网上有一个叫作"声声慢"的微博账号，用谢行一的话来说，那是一个很特别的粉丝。说是粉丝，其实也不太像。因为这个微博经常发他的表情包或者一些黑他的照片……但这些东西，总能戳中其他人的萌点。不得不承认，声声慢也为他圈了一部分粉丝。

所以，程淮工作室特别关注她的微博动态，连他也经常听到同事在讨论。

至于声声慢会跟微博营销号爆他初高中的事情，程淮他们也都知道。不过因为爆料内容都不是负面的，所以也都不在乎。不过那时候，他就觉得声声慢是顾弥声的可能性特别大。

　　直到某天早上，声声慢放出了迷你程淮的 Q 图，毕竟，那时候除了程淮本人，也只有顾弥声知道他变小。

　　原来自己这么早就暴露了。

　　顾弥声没忍住做出了一个鬼脸，懊恼的表情又通过后视镜被程淮收入眼中。

　　她默默地拿出手机发微信，想跟苏晓分享一下自己现在的丢脸心情。

　　"晓晓，晓晓，程淮知道我是声声慢了。"

　　"哟，被发现了啊，不过凭他的智商，知道你是声声慢并不奇怪。"苏晓幸灾乐祸地表示，她并没有太多惊讶，"然后呢？"

　　"没有然后，只是脱掉马甲之后，我有点丢脸。"

　　"你抹黑他这么久，他就这么轻而易举地放过你？"

　　顾弥声看了一眼驾驶座上的程淮，然后跷起二郎腿，告诉苏晓自己脱单的消息："可能是因为，他现在刚刚成为顾弥声男友，要稍微大方点吧。"

　　过了五分钟，苏晓才回消息过来："哦。"

　　这个语气太平淡了，丝毫没有达到顾弥声的期望值，所以她重新强调了一下："程淮，和我，在交往。"

"哦。我知道。"

"喂！我作为当事人，第一次对你说这个消息，你怎么就知道了？"

"不好意思，我以为你们早就在一起了。现在才交往，我才有点意外。从小就形影不离，明眼人都知道，你们不在一起，还能和谁在一起？！顾弥声，老娘在店子里打包，你要么给我滚过来和我一起做事，要么就别来烦我！"苏晓这次发来的是语音，被苏晓大人的女王气质给震慑住的顾弥声没来得及暂停，就让这条消息回荡在车厢里。

程淮笑得不能自已，那笑容比外面的阳光还刺眼。

"你们不在一起，还能和谁在一起？喏，顾弥声，所有人都觉得我们是天生一对。"

顾弥声自我嘲解地摇摇头，告诉苏晓："你刚刚那么凶地吼我，被程淮听到了。"

"哦，那又怎样？你家影帝为你找回场子吗？顾弥声，你在对我秀恩爱！"

只是想单纯地告诉苏晓"做人不要那么凶"的顾弥声一下子打不出字来了，赶紧撤销了刚才那条让苏晓误会的微信。

"对了，我们店里的衣服又要上新了，抽空过来拍照。"想起这件事情还要拜托顾弥声，苏晓的语气立马温柔了很多，"如果把影帝拐过来给我们店铺当模特的话，我会对你好一点的。"

　　回到 Z 市后，一行人休整了一晚上。第二天一大早，程淮就被找上门的谢行一拖去给一本杂志拍画报，顺便还要做一件最重要的事情——《国家制造》的试镜。而顾弥声，也带着程元宝去跟苏晓会合，给即将上新的衣服拍照。

　　到了苏晓发的地址，顾弥声才觉得这次有点不太一样。以往，她们淘宝店拍照都是随便找个什么地方，摄影师也是苏晓自己上阵，后期随意调一下光就好，反正不露脸，只要服装好看就行，根本不需要动用什么摄影工作室。

　　而现在，顾弥声正面对着门口斗大的"Lee & Photo Studio"的招牌，心下微微一惊，看上去就很有格调的样子。

　　淘宝店的信誉度刚刚满了三皇冠，为了答谢新老顾客，也为了让店铺稍微做出点改变，苏晓决心撤掉原本一直放在首页上的旧图，改成人物照。所以让顾弥声穿着这次首推的服装拍照，也算是打出广告。

　　听完苏晓的理由，顾弥声皱着眉头抗议："不是说好不露脸吗？！"

　　"这个简单。后期给你使劲 P，保证 P 得连你自己都认不出是自己。"

　　"不行，露脸我没安全感。"顾弥声坐在凳子上，怀里抱着一直默不作声静静围观的程元宝，继续争辩，"我要是露脸，大概我们店的营业额会直线下降。"

虽然淘宝这么大，但万一有认识的人不小心逛到自己的店铺，那多尴尬呀。顾弥声想到这个可能，就使劲地黑自己。

看到顾弥声这么贬低她自己，苏晓憋着笑，做出一副迟疑的样子："你这么说，好像有点道理。"

"喂喂喂，我就是谦虚一下而已！你居然同意我的说法？太伤人了。"顾弥声也开着玩笑。

"好啦好啦，到时候挑一张看不清楚脸的侧面照或者是背影照放上去就好了。"

于是，事情总算是定了。

摄影棚里，顾弥声蜷曲着侧躺在地上，长发如瀑布，被颇有心机的化妆师打湿，一绺一绺地分散开。横放在她上方的是一个装满水的玻璃容器，在摄影灯的照耀下，粼粼水光投射下来，刚好荡漾在她的周边，波纹随着水流的晃动，一圈一圈晕开在湖蓝色的裙摆上，宛如水中精灵的模样。

顾弥声已经被摄影师们的奇思妙想惊呆，原来水下的照片还可以这么拍。

当她知道苏晓把这套照片定为水下主题的时候，内心是抗拒的。因为她是一个旱鸭子，如果在水下拍的话，她不保证在拍出照片之前，自己是不是会溺死在水里。

"阿声姐姐好美，像童话故事里的美人鱼。"程元宝趴在苏晓的耳边，软绵绵地说。

"宝贝，你的嘴太甜。阿声姐姐知道一定很开心。"

确实，就算没看到镜头里的样子，也差不多可以肯定，这组照片拍出来的效果会特别好。苏晓偷偷地打开手机，拍了几张照片，然后选出一张最满意的，发送给一个微信号。

程淮这次拍的杂志，正好是在七夕节前后上市。为了抢占市场份额，杂志社专门邀约已经蝉联两年"情人节最想一起过的男明星"第一名的程淮，希望他能拍一套情人节主题的甜蜜组图。他刚换上最后一套衣服，简单的白衬衫牛仔裤，正准备往镜头前走的时候，谢行一递过他的手机。

"你这个私人号，好像有人发消息过来，你要不要看一下？"

接过手机瞄了一眼，程淮立马解锁点开，一瞬间，眼里盛满柔情。

"你在看什么？"谢行一凑过来，看到手机里的照片，也发出惊叹，"天啦，阿声这张好美。"

是真的美。

照片里的少女，海藻般的长发凌乱地散在周围，闭眼沉睡在深蓝色的水底，水波被日光切割成一道道明暗交错的影子，投映在她身上。整个色调清新干净，完美得像是古老艺术的工匠手里雕刻的剔透玉石，一雕一琢，都是最好的安排。

程准把照片保存下来，扬着嘴角，手指轻快地回过去一条消息："谢谢。拍完让她赶紧吹干头发。"他把手机塞回到谢行一手里，施施然走到摄影棚里。

镜头之下的他，看似慵懒地斜坐在椅子上，单脚支起，左手随意摸着嘴唇，嘴角的酒窝若隐若现。他看着镜头，目光缠绵，像是里面暗含千种情思。

这一刻，坦荡洒脱的气质和撩人的诱惑力全在他身上展现。

"他是在恋爱中吗？"被特地邀请来拍照的法国摄影师，并不关注亚洲男星，自然也不认识程准，只是被他眼神里的爱情打动，所以才多问了一句。

谢行一愣怔了一下，回过神立马回答："对，他有一个圈外的女朋友。"

"那他很爱他女朋友吧。"

这么坦诚露骨的感情，透过镜头，都能被轻易捕捉到。

小包子的寄养时间其实早就已经过了，现在，程姑姑终于处理好手头的工作，准备回法国了，全副武装的程准和顾弥声一起把元宝送到了机场。

机场大厅的一角，程元宝毫不顾忌程准杀人般的视线，踮起脚，想在顾弥声的嘴唇上印上一个 kiss。然而，在即将碰到的瞬间，一只大手把他的脑袋强硬地调整了一个方向，粉嫩嫩的嘴唇落在了顾弥声的嘴角。

"啊啊啊，你是坏蛋！"元宝使劲摇头，挣脱开钳制住自己脑袋的手掌。

程淮凭着自己身材高大的优势，一把把元宝抱了起来，禁锢在怀里。

"元宝，你马上就走了，不跟哥哥告别一会儿吗？哥哥很伤心。"

你还要不要点脸了？顾弥声在一旁目瞪口呆，想把元宝接过来，但程淮抱着小包子左右摇晃，每次身体的晃动都刚好躲开了她伸过去的手。

次数多了，她自然知道他是故意的。

程姑姑在一边笑得花枝乱颤，她的小侄子从来都是一副大人模样，现在看到他和元宝这么较真，让她终于可以放心。

程元宝乱蹬着双腿，抗议程淮的怀抱。等他挣脱下来，安全落地的时候，头发被折腾成鸡窝，小脸蛋憋得红通通的。他愤愤地看了程淮一眼，一只手在口袋里掏着什么东西。

他翻出了一块顾弥声之前给的大白兔，郑重其事地把它放在她的手心："I love you just as I love this candy."

猝不及防又被表白了，看着喘着气和自己说这句话的小包子，想到马上就要分开，顾弥声感动得眼圈通红。她弯下腰，凑过脸，想要再亲一下元宝，结果元宝再次被程淮一手拎起，塞给在一旁看热闹多时的程姑姑。

程淮的脸色快黑成和口罩一个颜色，沉声说："早点过安检吧。再不排队进去，就要错过登机时间了。"

"反正等下走 VIP 通道，时间充足，就让元宝多和他喜欢的阿声姐姐说会儿话吧。"程姑姑笑得不怀好意，故意逗程淮。

"我想起我还要赶行程，先走了。你们进去吧。等到了，再给我电话。"

然后大手一挥，程淮把还在跟元宝依依惜别的顾弥声搂在怀里，转身朝机场门口走去。

机场外的停车场，谢行一坐在驾驶座上，无聊地左顾右盼着。看到程淮牵着顾弥声的手从机场大厅里走出来，他心思又开始活络起来，盘算着还是和各大媒体再次热络一下关系为好。最近的一波律师函让业内的娱记对程淮工作室有点嫌隙，到时候如果有拍到什么照片，别一声不吭就放出去，让他们连点准备的时间都没有。

"你们现在的状态，一点都不像是在热恋。"

谢行一这辈子都不会忘记，他自告奋勇去当司机，结果刚结束假期的程淮见到他的第一句话，就是拉着身边的顾弥声说"介绍一下，这位是我的女朋友，声声慢"的场景。

对前半句毫不意外，但被最后三个字震得魂魄出窍的谢行一，花了一点时间捋了一遍事情经过，还是觉得有点不可思议。

他的新晋女神是顾弥声？他之前还跑到声声慢的微博里，高价挖过她。但最后事实的真相是，声声慢是顾弥声。

世界果然很小，兜兜转转，原来都是身边的这些人。

"是因为你没有见过热恋了二十一年的情侣。"程淮翻着剧本，轻飘飘地砸下一句让谢行一哑口无言的话。顾弥声暗暗在旁边掐了一下程淮的腰，来不及收回顶风作案的手，就被受害人握住。

"明天等你答完辩之后，有个杂志专访。"谢行一并没有发觉后排的暧昧气氛流动，还在脑子里回顾程淮的行程。前天，程淮去参加试镜会，当天晚上就收到了通过的消息和进组时间，还有这次拍摄的完整剧本。

看到谢行一在认真开车，顾弥声这才没有继续挣扎，安分地把手放在程淮的掌心。耳边是越来越远的、来自敬职敬业经纪人谢行一的背景音："这段时间，趁着没有进组，还得去国外拍个广告。还有，造谣的人已经收到了法院传票……"

汽车停在离 Z 大百米之外的另一条路上，程淮轻轻叫醒靠在他肩膀上睡着的顾弥声。

"嗯？到了。"顾弥声一下子坐起来，拿下程淮友情提供的眼罩，还没等她彻底睁开眼睛，眼前就被一只手掌挡住。她眨眨眼，睫毛滑过程淮的掌心，让他心里涌起一丝暖流。

"慢慢睁开，现在外面的光太刺眼。"

驾驶座上的谢行一心情有点酸涩，真该让大家来看看，现在温驯得像只小绵羊的程淮，说出来的话能让听的人化成一汪清泉。哪有之前对其他女明星怼天怼地的样子。

　　程淮丝毫没有注意到谢行一的异样，帮顾弥声归拢好头发，等她适应了光线，才开门下车。他的左手挡在车门上方，避免她出来碰到头。

　　这个时间附近的行人有点多，还好谢行一停车的位置有点偏，还算安全。

　　"我这周接下来的时间大概在国外，有事的话就给我留言。进组之前如果有时间，我再来看你。"

　　顾弥声点点头，双手环住程淮的窄腰，额头抵在他的胸口上。耳边是一声声清晰有力的心跳，扑通扑通，让她心里的不舍越来越浓厚。

　　程淮下巴抵在她的肩膀上，鼻头充盈着她身上淡淡的果香味。

　　"要是有时间来探班吧，怎么样？"他突然想到，"你还没有看过我拍戏时候的样子吧？"

　　他想起以往在剧组里，有些已经成家的演员，在拍戏的过程中，家属偶尔会带食物过来。他们带着探班的家属，介绍给导演、监制和在场的其他演员。现在回忆起来，程淮特别想试一下，这种介绍自己家属的感觉。

　　顾弥声后退几步，看到他一脸期待的样子，思考了一下这件事情的可执行性，并没有一口答应。

"到时候再说，我的行程安排暂时没排到那时候。"

又被她一句话逗笑的程准摸摸她的脑袋瓜："好。"然后在她额头前轻轻碰了一下，"我走了，路上看着点路。"

"好。"

顾弥声摸了摸刚才被触碰到的额头，脸上不自觉地露出笑容，站在原地傻笑了一下，才扭头往学校的方向走去。

"咦，学长？"顾弥声惊讶地叫出声。

不远处，是好久没碰过面的钟以梁，此时他正神色晦暗地看着顾弥声。

他眼里的悲伤，让顾弥声的笑意一下子收敛干净。她无措地扭头回望了一下刚才和程准告别时的位置，然后走上前。

"你下午有课？"钟以梁温柔地问。

"嗯，副院长的课。"

说了这两句后，一时之间，两个人都没有开口。顾弥声尴尬得连手脚都不知道该怎么放，只想赶紧进校门，和钟学长分道扬镳。

"刚才……"他开了个头，想想又没有往下说。

"啊？"

"你和程准……"

"嗯，我们在交往。"顾弥声斩钉截铁地答道。

钟以梁的心好像有那么一瞬间停止了跳动，等呼吸缓过来，他才继续问："什么时候？"

"我回家的那段时间。"

他想起刚刚看到的画面，难过得像是一只手紧紧地揪着心脏，顿时喘不过气来。

钟以梁从来没有体会过这种感觉，可是看到顾弥声一说起程淮、眼睛就会发光的样子时，最后的一点不服气都变成酸涩。

好像，总有那么一个人，告诉他，顾弥声不属于他。

"弥声……"

"嗯？"

"我要离校工作了。"他停住脚步，"签了北方的一家公司。"

"哦，恭喜学长啊。以你的能力，升职加薪迎娶白富美都指日可待。"

"那，再见。"

顾弥声正了正脸色，看着他，很认真地说了一句："再见。"

/Chapter 20/

我睁眼看到你的第一眼起，就注
定要喜欢你。

清晨七点，天边刚好泛起鱼肚白，空气湿润得像是能挤出几滴水来。顾弥声坐到动车上的那一瞬间，暗自在心中感慨："顾弥声，没想到你是那种为爱走天涯的人啊！"事实上，她也并没有夸张到为爱走天涯。

不过她今天五点钟起床，即将要坐三小时的动车，只是为了给程淮送一壶煲了一晚上的汤。她怎么想都觉得，这些事情不会和懒得每天睡到日上三竿的自己搭上边。因此，她把原因归结于前段时间的后遗症太强烈，以至于现在都没有从贴心保姆的模式切换过来。

程淮在国外待了一周，每天按照国内的时间，给她打电话。直到前两天，才结束行程，但是又匆匆忙忙带着谢行一和助理一起进了剧组，开始拍摄。

可能是已经摸透了这个剧组的相处方式，程准开始旧事重提，邀请顾弥声去探班。

顾弥声算了算手上的事情，从修改学年论文终稿和准备期末考试中挤出时间，硬是决定去剧组看一下程准。

时间还太早，窗外的世界被覆着一层薄雾。

"我在动车上，三小时后，到你那里。"

顾弥声给程准发了一条短信，等了良久，仍然没有回复。她把手机扔进包里，用食指在覆盖着水汽的玻璃上涂涂抹抹。

人呀，还是不能冲动。坐下来冷静了，她才考虑后果，越想越没有去探班的勇气。

他都没有回复，虽然是他邀请自己过去，但是没有提前告诉程准一声，会不会不太方便？嗯，要是不方便，她就把汤交给谢行一，在一旁看他拍戏就好。

那要是导演不喜欢人过去探班，会不会对他影响不好？大不了，把汤一送到就回来，反正她已经买好了当天回来的动车票。

顾弥声面向窗户，自顾自地对着玻璃上的人影做鬼脸。不管怎么样，现在她的心情特别亢奋，可能是因为要去见程准，也可能是因为在做一件从来没有做过的事情。

顾弥声迫不及待地想把这种心情跟别人分享，以至于一大早苏晓这个倒霉蛋就被她拉着分享心情，因为除了苏晓，也没有其他人选可供她选择。

她重新拿出手机，对苏晓说："晓晓晓晓晓晓，你起了没？"

"一大早的，你干什么？"那边的声音迷迷瞪瞪，估计是因为她睡觉没有关机，所以被电话铃声吵醒。

"我要去探班啦。"

"然后呢。"

"我现在在动车上。"

"有什么了不起？"

"就是，我去看我男朋友了。你没有……"

苏晓的语气已经变得很凶狠，一字一顿都像是带着杀意："希望下次见面，我已经忘记这件事了，要不然，我废了你。"

出了火车站，程淮还没有回复消息。顾弥声猜到他大概是在拍摄，没看到信息，所以就叫了一辆车，直奔影视城。

下了车，她又被一个难题困住。这座专门用来拍摄的影视城非常大，她压根儿不知道他们剧组的摄影棚搭在哪里。

她迷茫地望了一圈，直到看到前头有两个游客扮相的女孩，才立马追上去，问道："你们好，请问你们知道《国家制造》的剧组在哪儿拍摄吗？"

两个女孩迷茫地摇了摇头。

"那你们知道程准在哪里拍电影吗？"

两个女孩立刻激动地点头，像是在外见到了亲人一样，放下了刚才的客套与疏远："你也是准粉？也来看 wuli 准的吗？我们刚从那边回来。"

"你这是给准哥送汤？有心了啊，刚刚我们也去送了一点吃的，不过准哥在里头拍戏没出来，是经纪人接过去的。这样吧，我们直接带你过去。"另一个女孩注意到了顾弥声手里的保温桶。

"那多不好意思。你们给我指个方向就好。"被这么热情对待的顾弥声有点心虚。要是知道程准已经被拐走，并且拐走的人就是现在站在她们眼前的自己，估计没打她一顿都是客气的。

"不要客气，天下准粉是一家嘛。出门在外，我们要互相照顾。这点事算什么。"

于是，顾弥声就被两个女孩子有说有笑地带到了《国家制造》拍摄现场，院子里已经围了一些游客，还有一些是想要找活做的群演。

两个准粉跟顾弥声小声介绍："这个剧组是对外保密的，所以门口有人守着不让进。你要是想送汤的话，得守在门口。准哥的经纪人谢行一，你认识吗？看到他的时候，你把东西交给他就好了。"

"好的，好的，我明白了。"顾弥声笑着点头，从包里拿出一包巧克力，"谢谢你们啊，要不是你们带我来，我还找不到地方呢。这包巧克力是我的谢礼。真是太感谢你们啦。"

目送两位热心准粉离开，顾弥声索性靠在一边的墙角，又给程淮和谢行一分别发了一条信息。

天空已经飘起了绵绵细雨，大院子里被机器围堵得水泄不通，工作人员两两合作拿防水布把贵重的设备全都盖上。

程淮刚刚结束一个场景的拍摄，闭眼坐在折叠椅子里让化妆师补妆。守在座位旁的助理赶紧递上水壶，顺便把一直放在他这里保存的手机也递给程淮。

恰巧这时候，手机屏幕亮了起来。

"不好意思，请等一等。"程淮轻轻推开化妆师的手，迅速地站起身，撑开工作人员刚刚送过来的雨伞，大步往门口走去。

"老板，老板，你干什么去？"

程淮头也不回地在雨中留下一句话："门口接人。"

他看了眼发送短信的时间，有点懊恼自己怎么没早些看手机。

门口的围观群众因为下雨的关系，陆陆续续撤走，顾弥声学着身边群演的姿势，靠着墙蹲着和他们聊天。

"你什么时候开始在这里当群演的呀？"

"平时活多吗？"

"剧组给你们的待遇怎么样啊？"

"那平时也挺辛苦的，有没有想过换别的工作？"

"啊，你居然在那部戏待过啊，能给我八卦下影后的事情吗？"

本来只是在这里等程准出来接她，但和他们越聊越起劲，直到头顶上再无雨水落下，身前被一袭黄色军装挡住。

身侧的人惊讶得没有继续说话，顾弥声仰起头，看到眼前是目似星眉似剑的程准，她呆呆地说："你穿军装的样子好帅啊！"

"看来，你聊得挺好。"

下一秒，她就被人握住手臂提起，圈在怀里。他闷声说："对不起，我才刚刚看到信息。"

"没关系啦。我和这几位大哥聊得挺开心。"

程准冲着这几位龙套演员点点头，大大方方地说："谢谢你们刚才照顾她。"而后，环着和他们挥手说再见的顾弥声进了院子。

"看来，程影帝在节目上说的圈外女友，就是刚才那位姑娘了。"一席人怎么也想不到，刚刚那个平易近人、很会聊天的小姑娘是程准的女朋友。

程准空手出去，如今回来却带着个如花似玉的年轻小姑娘，这件事情让剧组的工作人员纷纷都停下了手中的动作，认真地打量起程准怀里的顾弥声。

把人按在他平时坐的折叠椅上，让小助理去拿了他的毛巾，程准亲手帮顾弥声擦她稍稍被打湿的头发。周围人一瞧，瞬间了然。这一系列没有遮掩的举动，无一不是在对其他人说"这是我程准之前提到过的正牌女友"。在片场这种人员复杂的环境，还这么一反常态地高调，就表示他愿意对外公开这个女友的信息。

程淮不同于其他小鲜肉，影帝的身份让他多了一层别人没有的实力，谈恋爱什么的也就更加坦然轻松。只是清楚这些的工作人员出于分寸，并没有向程淮求证。

刚刚从导演那儿过来的老戏骨仲老先生看到这一幕，笑着问："程淮，你的小女友来看你啊？"

"是。仲老师，这是我的未婚妻，顾弥声。"程淮停下手上的动作，帮顾弥声整理好头发，介绍，"阿声，这位是仲老师。"他心里有点得意，脸上也露出一丝笑容。

"我知道，我看过您演的好多戏，上次刚跟我妈妈一起看那部《雪国》。"顾弥声努力表现出一副端得住场面的样子，可手还是不自觉地往自己的头发摸去。她想给和程淮一个剧组的人留下好印象，谁想到一出场就是自己头发被擦得像鸡窝一样的时候。满脑子关心这个问题的顾弥声，也无暇注意程淮说的"未婚妻"三个字。

"哈哈哈，你们继续，我就不打扰了。"得到答案，八卦的仲老戏骨在大家敬佩的眼光中轻松退场。

顾弥声是从来没看过剧组拍摄的圈外人，所以对什么都很好奇。程淮一边喝汤，一边在她耳边小声地跟她介绍拍摄机器和幕后人员的工作职责。

统筹来让程准待机的时候，就看到两个人头碰头小声嘀咕的画面。世界嘈杂，人来人往，他们两人偏安于一隅，画面看上去太纯真美好，让人一下子回想起自己的青涩初恋，以至于他打开手机摄像头，把这一幕存下。

趁着下雨的天气，休息过后的宋导演临时决定把后面有雨景的戏先拍完。程准带着顾弥声在宋导眼前晃了一圈，被开明的导演放了半天假。

于是，程准让顾弥声先坐在旁边等一下，拍完这场戏就带她回去休息。

宋导演和程准背对着门口，两个人并肩站着，说话间还用手比了一下姿势。了解了导演对下一个画面的拍摄要求，程准走到镜头中心。小时候班级里的好多同学都伛偻着背，为了防止程准和顾弥声也学这种不良习惯，顾爸爸、顾妈妈和程妈妈要求他们每天贴墙站半小时。他们坚持了一年，所以现在做什么都习惯性地挺着背。

现在程准身穿一袭军装，显得整个人挺拔俊朗。

看到场记喊出耳熟能详的"Action"并拍下场记板，顾弥声立刻溜到导演的身后。摄像机里的程准，站在窗口，看着外面的阴雨连绵，眼帘蓦地下垂，睫毛也跟着轻轻扇动了两下，左手在另一只手背上敲打了一会儿，突然顿住。这时，他抬起头，对着镜头吹了个口哨,眼神中的明朗、坦率、不羁,就这么直白地印入每个人的心里。

"Cut,这条过。"

程准听到声音,立马收起脸上那些不属于自己的情绪,快步走向导演身边的顾弥声,握住她的手,才看摄像机里的回放。

镜头没有任何问题,程准也就结束了一天的拍摄,带着顾弥声走出大院。

"我买了今天晚上的动车票回去。"顾弥声被程准揽着肩躲在伞下,发现程准又把雨伞偏向她这一边,干脆把手盖在他撑伞的手上,一起掌控雨伞的方向,"你不要老是把雨伞移到我这边,你那边的肩膀都被打湿了。"

"没关系,还有几步路就到,等下到酒店我换衣服就好。"他对顾弥声的这个抱怨充耳不闻,仍然固执地把伞多分给她一些。

路边有三三两两的行人,似乎有人发现撑着伞的人是程准,再看到他怀里的女孩,他们惊呼着停下脚步,掏出手机来拍。

顾弥声还是不习惯,被这个小插曲吓了一跳,攥紧程准的衣角,把脸埋进他的怀里。程准也顺势把雨伞拉低,没让人拍到他们的正脸。

过了半分钟,雨伞才终于打回原位。顾弥声心有戚戚,微微蹙眉:"要是有人拍到我们照片了怎么办?"

程准在顾弥声的脸上扫视一圈，确定她没有太多的抵触心理，才开口说："承认就好了。"像是不够有说服力，他又补上一句，"反正我不靠脸吃饭，公开没有什么影响。"

即便有再大的影响，也比不上顾弥声对他的重要性。

剧组给演员安排的是大床房，至于谢行一和其他助理，都是统一的双人间。

进门一看到房间里只有一张床，顾弥声没来由地有些紧张。虽然之前两个人早就共同居住在一个屋檐下，但现在她总觉得自己怎么站都不自在。大概是处于陌生而暧昧的酒店里，让她也变得有点紧张，只能靠不断说话来掩饰自己的焦躁。

"刚才的汤好喝吗？"

"等下我们去哪里？"

"听说这附近山上看日出日落很美。你说下午会不会放晴？"

……

问题多得让程准一下子就明白她现在的心理状态。

弯着嘴角的程准并没有开口缓解她的紧张情绪，径直从浴室里拿出吹风机，又让她坐在化妆台前。他站在她身后，把吹风机开到中档，帮她把头发完全吹干。

燥热的风让顾弥声觉得周遭的温度都在升高，甚至鼻尖都渗出一点汗意。程准的手好像有魔力，所到之处，都像被他手上的温度点燃。

她抬头，望向眼前的镜子。镜子里的男人，眉眼疏朗、神情专注、目光温柔，她看得有些出神，然后慢慢地，眼睛里也像是感染了吹风机的热度。

像是过了一个世纪，他关掉吹风机，捂着顾弥声的眼睛，挡住她注视镜子里自己的眼神。她的目光火热，太过赤诚，让他热得快透不过气。

眼前看不见东西的时候，其他感知好像会更敏锐。所以，什么也看不见的顾弥声，感觉到头顶被人盖上一个吻的时候，心脏也跳得飞快。

程淮放下手，打横抱起顾弥声，把她妥善地安置在床上，掀开薄被盖在她身上。

"你先好好休息，等睡醒了，我们再决定去哪儿。"

一算时间就知道她今天肯定是早起了，再加上坐了三小时车过来，应该会更累。程淮摸了摸她的脑袋，转身进了浴室。

顾弥声觉得自己被程淮撩拨得心脏像是在蹦极。

在闭眼睡过去之前，她还在心里不断感慨着："程淮和程元宝果然是一家人。"

房间里安装的是遮光窗帘，隔音效果也很好，室内安静，所以顾弥声这一觉睡得很沉。

顾弥声醒过来的时候，脑子还发蒙，一瞬间有些搞不清自己现在在哪里。过了一会儿，她才发现自己被圈在一个怀抱里。她小心翼翼地把环着自己的手拿开，掀开被子，慢慢挪到床边，摸不到拖鞋，索性光着脚走到窗边。拉开窗帘一角，猛烈的阳光刺得她眼睛不适地眯起来。

　　外面已经放晴，雨后的天空，蓝得像是被水洗过。

　　顾弥声借着照进来的光，找到了自己的手机，看了眼时间，把程淮叫起来。稍微吃了些食物，按照之前顾弥声的提议，两个人去附近爬山看日落。

　　"我为什么这么想不开，非得来爬山看日落？"这是他们第几次约会？为什么自己不选择和程淮手牵手，在影视城外的特色小街上散步，而是自虐般地在这座前后不见人影的山里爬得汗流浃背。"你怎么没有阻止我？"顾弥声擦掉快要流进眼睛里的汗水，企图把锅甩给程淮。

　　扶着她的程淮，身后背着一个双肩包，里面放着各种杂七杂八的东西，负重爬山反而一点不适都没有，神色如常。

　　"我以为，你因为和男朋友在一起，连爬山都无所畏惧了。"

　　顾弥声有气无力地翻了个白眼。

　　雨后放晴的天空，一片湛蓝，四周的树木香味也让人心旷神怡，然而顾弥声一点都没有抬头欣赏的心情。因为夏天傍晚的太阳也很毒，她爬得太累。

只爬了几级台阶，她的气息就开始不稳，心跳快得不像话。高中毕业之后，就没有认真锻炼过的身体，真的不适合做"爬山"这项运动。

程淮把背包换到胸前，往前走了两步，蹲下来，示意顾弥声趴到他背上。

他也知道顾弥声的体质有点弱，先前他希望她能多运动一会儿，可看她上气不接下气的样子，又十分心疼。

"还有一点路，我背你上去。"他看上去十分轻松，连呼吸的节奏都没有被打乱。顾弥声观察了一下，才安心地趴到他的背上，双手环住他的脖子。

"娱乐圈要是有十佳男友的投票，我只服你！"

没男朋友之前，觉得单身狗不错；有了男朋友之后，才发现自己过得比单身的时候幸福多了。起码，不用自己累死累活地爬到山顶上。

过一会儿，两人终于到达山顶。一轮红日看起来仿佛一个咸蛋黄，正巧挂在天际摇摇欲坠。

"真美，还好我们这时候爬上来了。"顾弥声从程淮的背上下来，象征性地帮他捶了几下背，就自顾自地上前几步，去研究蛋黄似的夕阳了。

"这要感谢谁？"

"你啊！"她回头，站在余晖里，望着程淮，浅笑盈盈。

带着日光余温的晚风轻轻吹拂，顾弥声的几缕头发在空中乱舞，她伸出手，把发丝轻轻一钩，想塞回耳后。

"咔嚓"一声，画面被定格。

顾弥声动作一僵，瞪着眼睛望向他："不公平，你没经过我的允许就拍我。"

"那怎么办？"程淮把手机放回口袋，双手插兜，步伐悠闲地朝她靠近，微微低下头，在她耳边轻声问，"要不你拍回来？"嘴里呼出的热气，喷在她敏感的耳朵上，耳垂瞬间通透得能看清楚皮肤下所有的血液循环。

她直视程淮，眼睛澄亮得似乎在发光，瞳仁里满心满意地全都放着他。程淮凑近，想要更清楚地看向顾弥声眼里的自己，却听到她喃喃着："程淮，我喜欢你。"

喜欢你多久了呢？

从你刚刚那样子亲吻我；从你坐在对面教学楼，我们隔着一个小广场的距离相视而笑；从我们每次回家的时候，你让我靠在你肩膀休息；从你隔着被子把我抱在怀里哄我起床的时候……

我想起过往的点点滴滴，才确定，如果是命运的安排，那我睁眼看到你的第一眼起，就注定要喜欢你。

/ 番外一 /
每个粉丝都是福尔摩斯

当天晚上，娱乐圈像是发生了7.8级大地震。全部的视频网站、社交网络平台，甚至是电视节目上都在传达一条消息——影帝程淮微博自发一张照片，隔空向女友示爱。

程淮V：这辈子，我坚持了最久的事情就是，爱她。[附照片]
照片里是顾弥声站在落日的余晖中，转身朝他微笑。因为光线的原因，并不能看清楚人脸，只能看到顾弥声的大概轮廓。
底下的评论尽管乱成一锅粥，但大部分的回复都是以祝福为主。
"一言不合就开始说情话，没想到程影帝会是这种人！"
"这份狗粮，看在你的面子上，我吃。"
"有本事秀恩爱，有本事跟我们说说你的恋爱过程啊！"
"@声声慢，前段时间你们刚闹出过绯闻，影帝现在就把你踢开了，是不是有点不太好？我的建议是，再黑他一次！"

已经坐在动车上准备回 Z 市的顾弥声，被小伙伴苏晓酸了几句之后，顺便被提醒上微博查看程淮的告白。

顾弥声看了一遍又一遍，直到看到都快认不得上面的每一个字，才放下手机。她右手轻轻放在胸口上，慢慢吐纳气息。

邻座的小姑娘看到顾弥声的举动，观察了几秒钟之后，关切地问："你不舒服吗？"

"是有点，我的心跳快得不受我控制了。"

"为什么？"

"因为，有件事情太让我高兴。"

"堵不如疏，你需要发泄。"

于是，向来善于采纳正确建议、尊重人民群众呼声的顾弥声，听话地登录微博，用声声慢的账号发了一句非常严肃认真的话："是时候告诉大家了，其实我就是他的女朋友。"

微博发表成功之后，她时刻刷新页面，期待看到大家知道真相之后的精彩回复。如果可以的话，她还能稍微透露一点别的消息。请一定要谅解她现在太过开心，想要炫耀一下的心情，要不然她一定得疯。

然而，除了少数的真相党，大部分人的留言是这样子的——

"声大，能把反讽的语气运用得如此自然毫无违和，你果然是我的偶像。"

"是时候告诉大家了，其实我怀了程淮的宝宝。"

"哦，你开心就好。"

"其实我更看好你和程淮这对 CP，真的，看我不纯洁的眼神。"

非常想要和大家聊一聊这段感情的顾弥声，所有已经在脑海里打好腹稿的话，全都被无知的人民群众堵在了嘴里。

这种憋屈的滋味又让她心头一闷。

时刻关注网络动态的谢行一，从一堆媒体邀约的电话中，抽空出来从影视城给顾弥声发来慰问："自曝身份，但是所有人都不相信的感觉，怎么样？"

"期待他们知道真相的那一天，还有娱记们知道自己错过了一手消息后的表情。"

"对，记者们快打爆了我的电话，然而他们并不知道，错过了声声慢就等于错过全世界。"

看热闹不嫌事大，谢行一一边提议顾弥声，一定不能删除这条微博，最好长期置顶，一边用他的经纪人账号，把所有不相信她，说她异想天开，说她蹭热度的评论挨个点了个赞。一时之间，围观群众有点看不清，前段时间还双手奉上程影帝的程淮工作室，和声声慢之间又发生了什么？

大家从谢行一的举动中，也进一步坚信，声声慢这条微博是假的。

从程淮最开始在电视访谈上说了几句关于他正在交往的消息之后，他和他的圈外女友一直很低调。好吧，说起来，这主要是程淮变小，不能招惹记者。

再加上他一再强调，离他作品近一点，离他生活远一点，希望大家多给他一点空间，所以就算关注娱乐圈的围观群众好奇，但也没有把太多的目光放在他的"圈外女朋友"身上。

但是，一向不引人注意的他，在万年不用的微博上放出一张女朋友的照片剪影之后，网上关于他和他女朋友的消息开始层出不穷，比较靠谱的是那几则一看就知道是剧组成员爆出去的消息。

"他女朋友来探班，白白净净的，看上去应该还在读大学。"

"那时候，程淮刚下戏，坐在一旁补妆，突然站起身，大步朝外走去接他朋友去了。从小事上就看出，他对自己女朋友很宝贝的。"

"两个人站在一起很般配啊，而且程淮对他女朋友真的特别好。他们十指相扣，他还给他女朋友擦头发哎。"

后来呢，这件事情开始蔓延到线下，许多曾经跟程淮和顾弥声读过书的人也去网上分享八卦，于是开始慢慢地有了知情人士的爆料。

"高中的时候，程淮和他的青梅女朋友一个读理一个念文，他们被分到不同的教学楼，他女朋友坐在窗口的位置。程淮身为班级尖子生，被老师排在班级正中间的黄金位置，但是他跟班主任申请了一个靠边的固定座位。对，没错，就是能和他女朋友遥遥相对、互相看得到对方的走廊边。"

"初中，你们淮哥的自行车后座被他的小青梅承包，至今没看到有其他人能够成功上位。"

"程淮不管参加什么比赛，只要得奖了，你们一定会在他的小青梅那里看到奖品。"

"小时候连玩游戏，两个人都要手牵手的。是不是有点伤心，你们的老公从小就被预定了？"

"楼上各位都心照不宣地没有说出程淮女朋友的名字，我最后给个送分提示，她从小住在程淮隔壁。"

······

"原来你高二的时候坐在那里是你自己争取的啊？"

顾弥声趴在床上，拿着iPad浏览微博评论的同时，手机开着扬声器，和程淮讨论爆料中连她自己都不清楚的陈年旧事。

程淮躺在酒店的大床上，双手交叠垫在后脑勺，眼睛望着天花板，思绪已经随着顾弥声的声音，回到了高二那年。

那时候，程淮被老师安排在教室中间第五排的位置。没有粉笔灰，不用仰着头看黑板，也不会因为位置太偏、看得黑板上有些地方的字反光，还是空调风力直吹的边缘地带，什么都好，只是看不到顾弥声。

他每天昏天暗地地刷题，唯一的放松只是想看一眼顾弥声。所以他才会在每半个月换座的时候，和靠走廊的同学掉换位置，最后，老师不得不无奈地答应把他的位置固定在那里。

"嗯，那时候很累，看到你的话，心情会变好。"

顾弥声听到这句的时候，原本还在空中晃荡的双脚停了下来，嘴角的弧度上翘得更加明显，两条腿也重新晃荡得更厉害。

她心情激荡地刷着网页，发现一条微博悄无声息地走红网络。

有个程淮的死忠粉，截了九张照片发在网上，问大家，照片上的人是不是程淮。每张照片上都只有一个不露脸的男人。

原 PO 说："在淘宝上面给自己找衣服，意外地点进一家口碑不错的店铺，里面绝大部分的衣服都是女装，而且特别好看。因为手滑，在选分类的时候点到了'男装'上，才阴错阳差地看到这些照片。"

"听说这家店的男女模特都是不露脸的，只是前阵子店家刚刚满了三皇冠，才把一个女模特的六分之一侧脸照放在首页上。不管是不是为了保护模特们的隐私，反正比起看网红脸的话，我还蛮喜欢这样子的。言归正传，一看到男装模特，我就想起了wuli淮啊！我从程淮一入圈就开始粉他，就觉得这是他刚入圈时候的身材。

不确定是不是因为粉到一定境界，自带滤镜，看谁都像是自己偶像，所以才发出来想让更多人确认一下。"

　　顾弥声看得啧啧称奇。曾在网上，很多微博会截图各位偶像有特征的嘴巴或者眼睛，让大家来认领。顾弥声觉得那种游戏就已经很考验眼力了。但当她看到这条微博之后，义无反顾地为 PO 主的直觉所倾倒。她特地保存了九张图片，转手发给程淮看："你看，这几张照片是谁？"

　　程淮回过神，眼睛瞄向电脑屏幕，那几张没脸的照片，让他根本猜不出来。于是他问："谁？不知道。"依然是言简意赅的程式风格。

　　就知道他不认识了，于是顾弥声把原 PO 的微博截图发给程淮，她又说了一句："要不我们来赌一下，你的粉丝到底能不能认出是你来？"

　　"我赌不能。"程淮的脸上笑意渐浓，心里在等着另一头的回应。

　　……

　　他难道一点让她先选的意思都没有吗？顾弥声其实也不是特别想选这个的，但是人总有逆反心理，越是被人挑走的，就越想选。

　　"不，我选不能，你选能。"她难得霸道一次。

　　程淮毫不意外地看到顾弥声发来一条自己预想的信息，脸上的神情开始缓和，他噙着笑意回复说："好，听你的。那我就押，能猜对。"

事实证明，千万不要小看任何一名真爱粉的观察能力和逻辑推理能力，粉丝们都是福尔摩斯在世。

类似于这种只给看鸟腿让你猜是哪只鸟类品种的问题，程淮的粉丝硬生生地推断出了同时期程淮的各种照片，从配饰、手指的长短比例，再到手腕上的黑点……一一进行比对。最后，从多方比对结果中一致认为，这个不露脸的模特就是程淮。

分析过程让程淮和顾弥声都叹为观止，只是从他俩的赌局来看，顾弥声有点不想承认这个事实。

许多粉丝开始跑到苏晓的微博下面，希望能从老板的口中得到答案。还有一部分人，拿着之前粉丝拍到的顾弥声在程淮家里敷面膜的照片，和她们家女模特作比较。网友们开始推测，这家淘宝店里的另一名不露脸的女模特会不会就是程淮的女朋友?

得出的结论也是 80% 是肯定的。

淘宝店铺的访问量急剧上涨，两个客服报告说，现在她们店都被"那个男模特是不是程淮"给刷屏了，以至于，真正问和衣服相关的客户，需要等很长时间才能被客服接待。为此，苏晓特地登上自己的微博 ID，说："对，是他。得到答案的网友们不要再为难我们家客服了。程淮只是我同学。当初也是因为同学情谊，在我最开始创业的时候，他才仗义地过来充当店铺模特。感谢程淮。"

她给顾弥声打了一个电话："每个粉丝都是福尔摩斯，这句话，我服。"

因为这件事情，她们家淘宝店的交易额也跟着暴增，害得苏晓担惊受怕——怕淘宝误认为她在刷单，然后被淘宝管理人员拉进小黑屋。

/ 番外二 /
拿结婚证来补学分

顾弥声最近特别倒霉。

因为手机没电了，连带着手机里的闹铃也不管用，所以，她直接睡过头，错过了下午的第一节体育课。谁都没想到，老师心血来潮，突然宣布，把这节课拿来用作体育课期末考试。他还大发慈悲地给了十分钟，让学生们打电话给逃课的同学，叫他们都回来考试。

于是，全班同学，只有电话关机了的顾弥声缺考。

这也就算了，偏偏体育课有一个变态的规定，如果体育成绩不合格的话，一定就得当场补考，学校里是不会统一组织体育补考的，因为学校不相信有学生会连体育课都挂。

于是，连体育补考都错过的顾弥声丢了这门课的学分，只能选择在大四的时候，和大三学生一起重修体育课。

得到这个噩耗的顾弥声，立刻给体育老师打电话，低声下气地小心赔不是，找遍了各种理由，连说自己去外地实习不在 Z 市都没用。更让她有点无语的是，体育老师特别会气人地把她的成绩填成 59.5。

和及格只差 0.5，这个分数历来被称为"半分憋屈死英雄"。

顾弥声后悔得捶胸顿足，把原因归结到自己脱离了集体生活，出点意外就不能通知到位，恨不得当下就从校外重新搬回到有爱的寝室中来。但是，一切都已经太晚。她一想到体育要重修这件事情，脸色就有点不太好，掏出手机，欲哭无泪地跟程淮说："跟你说一件关于我的喜事。"

这要死不活的语气有点吓到在国外拍广告的程淮。没等他开口问清楚，顾弥声就接着说出下一句："我可能会成为 Z 大历史上，第一个重修体育课的学生。"

这个能打破 Z 大历史纪录的头衔，说不定比代表学校获得什么国际比赛一等奖，还要厉害。

从顾弥声那里了解了事情的前因后果之后，程淮好不容易克制住自己不笑出声来，诚恳地给她提供了一个新思路："不一定要重修，只要补满学分就好了。听说拿到国家级的证书都可以加学分。"停顿了很久，他耳朵开始泛红，目光游移不定，但是语气无比诚恳地说，"比如说，结婚证。"

昨晚《演员的自我修养》这本书，没有白看。他自己都觉得他现在的语气真诚得很有信服力。

万事开头难，只要说出口了，就什么难度都没有。自从把"结婚证"这三个字说出来之后，程淮像是一个优秀的结婚证推销员。

"补学分的话，其他证书其实都可以。但是你想想，结婚证比起其他证书来说，是不是方便很多？其他证书都需要报班学习，报班费都要成千上万。而且，你去报班，还不一定通过考试。拿不拿得到证书还得再说，有一定的风险。再看看结婚证，办证听说只需要九块钱，唯一的必备条件是，你必须有一个男朋友。这对你来说，根本不是什么大问题。不需要做题，不喜欢多花钱，也没有考不考得过的风险，有我就够了，你还有什么好犹豫的？"

听起来好像特别有道理，于是还没明白过来的顾弥声，就被程淮忽悠回南虞镇扯证了。

程淮在顾弥声点头同意后的几秒钟，就把他们即将要去领证的消息，向双方的家长汇报了一遍。

顾爸爸可以说是爸爸界的一股清流，别的父亲都不愿意自己的女儿嫁出去，偏偏顾爸爸，在听说程淮和顾弥声准备领证之后，开心地喝了两瓶啤酒，还主动要求在他们回南虞的时候，就把自己家的户口本交给程淮。

周一一大早，穿得西装革履、非常严肃正经的程淮带着两本户口本，和难得不用他从床上挖起来、早就打扮好的顾弥声走向民政局。

南虞镇比较小，民政局也在镇中心，走路过去不过十分钟。

"小两口这么早是要往哪儿去？"路上碰到很多已经赶完早市回去的人，基本上都认识程淮和顾弥声，于是没有丝毫见外地打趣。

程淮握着顾弥声的手，停下来回答，语气里不难听出他现在的心情："去民政局。"

"对对对，年纪到了，是可以领证了。"

"你们去领证啊？那时候你们都是待在怀里小小的一个人，你们父母连抱都不敢用力，现在都要结婚生孩子了。"

"趁你们父母还年轻，早点生孩子，还能帮忙照顾一下。"

围观群众围着他们七嘴八舌地发表自己的意见，像是自家孩子要结婚一样。

顾弥声有点不好意思，结婚就结婚，为什么要把"生孩子"这三个字也加上？她大学都没毕业，哪能想到这么长远的问题，听上去也怪不好意思的。

程淮牵着她，跟热情的叔叔阿姨们同行了一路，总算在路口分开。他扭头看了一眼顾弥声，她刚才全程没开口，现在也正抿紧嘴唇，根本不想开口说话，冰冷的手指流露出她内心的害怕。说是为了凑齐学分才来领证的，但真正原因是因为领证对象是他。很多人都说，结婚之后，两个人之间相处的感觉就会慢慢变得不同，久而久之，归于平淡。她是个不想尝试变化的人，也害怕做出改变。

程淮一只手握住顾弥声，一只手轻轻抬起，搭在她的头上。

"和我去领结婚证，很紧张吗？"他随即笑了笑，"我们认识了二十多年，其实我们已经把'两个人一起生活'的这道题目练习了很久，只是你不知道而已。"

想想也是，顾弥声稍微放松了一点。

等走到民政局门口，程淮感到顾弥声后撤的力道，他的衣角被握出一道褶皱。

他一回头，正好对上顾弥声希望在他这里得到确定的目光。

"那你紧张吗？"

程淮笑笑："我也紧张。我也是第一次啊，害怕以后照顾不好你。如果我做得不好，你一定要告诉我。"

"嗯，我也是第一次。我们相互学习，天天向上。"顾弥声给自己打气。

程淮从兜里拿出一副墨镜，把它架在顾弥声的鼻梁上："还是戴着吧，估计等下会有其他人在。"

"你不怕吗？"顾弥声握着他的手臂。

程淮满脸疑惑："为什么要怕？"

"网上又会炸呀。你是公众人物，以后你的一举一动都要受到丈夫这个身份约束。"

程淮环住她的腰，轻声问："说不定我能成为一个大众眼里的好丈夫呢，你对我这么没信心啊？"他继续说，"这样子的话，我会有点伤心的。"

顾弥声瘪瘪嘴，这才没有说话。

顾弥声握着程淮的手，两个人一起走进民政局。

周一早上九点，程淮是踩着这里的上班时间点过来的。周一比起其他工作日来说，来领证的人少了许多，不过大厅里面还有几对新人，排在他们前面。等程淮一进去，所有人的目光都聚焦在他们身上，顾弥声清楚地听到，几位新娘强压住激动的语调说：

"啊，我和程淮一起结婚。"

"程淮和他女朋友也是今天来领证。"

程淮嘴角弯起一道笑容，声音不轻不重地向周围人道喜："新婚快乐，百年好合。"然后才拉着顾弥声一起到一个办公窗口，递过去两本户口本。

程淮在南虞镇上几乎是家喻户晓，自然，窗口的办事员阿姨看到程淮，也是笑容满面："新婚快乐，早生贵子。你们两位先去拍寸照，洗好照片，再回来拿表格登记。"

顾弥声听到"早生贵子"这四个字非常不习惯，笑容都有点僵硬。还是程淮比较能压住场，他看着旁边的指示牌，点点头。

"谢谢。"两个人异口同声地道完谢之后，按照大厅指示牌的标记，找到拍照的小房间。早上来领证的新人真的没几对，再加上有一两对新人还特地排在他们后面，跟着他们一起跑流程。所以，一进房间就轮到他们拍照，现拍现拿。

等他们拿着照片，再次回到大厅，等候区的人已经多了起来。顾弥声无意地往那边瞄了一眼，发现好多都是女孩子，见到程淮出来，那边的声音稍微变得嘈杂了一点。

"你粉丝？"

"不清楚，估计是刚才那几位打电话叫过来的。"程淮没有在这方面多作纠结，重新回到窗口填完表格，录完信息之后，终于领到两本盖着小钢印的红本本了。

离开的时候，路过等候区，程淮笑得有些灿烂有些幼稚，冲着那群一直盯着他看的人，挥了几下手里的两本结婚证。

等他们快踏出民政大厅的时候，里面的所有人齐声喊着："程淮，新婚快乐，祝你幸福。"

民政局门口也围着一些人，看到程淮出来，乌泱泱地围过来。顾弥声吓了一跳，握着程淮的那只手的力度又不自觉地加重了几分。人群自动地给程淮和顾弥声留出了一条离开的通道，程淮一边带着她离开，一边跟两边的人道谢："谢谢大家，谢谢大家。今天我会在南虞街上派喜糖，等下记得来拿。"

家长们都难得地没去工作，坐在家里等他们。顾弥声把程淮留给他们之后，一个人先上了楼。苏晓的语音消息在这个时候进来。

　　"我的天哪，顾弥声，你这么早就跟程淮领证了？"

　　"因为据说，结婚证可以加学分。"

　　微信突然没有动静，苏晓有点不敢相信自己的朋友会这么傻白甜。她想到程淮，迟疑地问出下一句："结婚证可以加分？是谁跟你说的？"

　　"我体育课的学分没有拿到，要重修，程淮说，国家级证书可以加学分。"

　　"哦，你开心就好。"苏晓选择不拆程淮的台，毕竟最近淘宝店创收全靠程淮。她重新把话题拉了回来，"你不声不响就干了一件大事，现在全微博都是关于你们的照片。"

　　电话那头的声音满满都是与有荣焉的自豪感。

　　"闷声发大财嘛，这个道理我懂。"顾弥声躺在床上，陷在柔软蓬松的被子里，酝酿睡意。

　　苏晓最后直接发了两张截图过来。

　　第一张，是程淮刚刚放上去的结婚证照片，似乎每个明星领完证，都要例行一晒。下面的文字是 @ 声声慢。

　　第二张，是程淮的工作室官博，上面发了一张幼稚园的程淮和小顾弥声的合照，图注为：恭喜程老板，终于把隔壁的程夫人拐回家了。

程淮放了一个大招，所有人都被"声声慢"三个字震了出来。

之前，声声慢的那条自曝微博"是时候告诉大家，其实我就是程淮的女朋友"，还在她的微博主页上置顶。现在结合程淮的这条微博，简直像是一套夫妻组合拳，赤裸裸地打了全部人的脸。

只是在这个故事结束的一年后，顾弥声因为结婚证的事情和程淮冷战了一个星期，又去微博营销号那里爆了好几个黑料。

傻傻相信程淮，没有去百度结婚证的作用，是大四重修体育课的顾弥声、最后悔的事情。

因为遇见你，所以我想要变成更好的自己。

温柔又毒舌的面瘫入殓师 / 元气朝气的警队甜心

无法诉说的秘密，纷繁复杂的谜案
这世间路途漫漫，幸好，我们可以并肩同行。

有爱内容简读

"从第一次见面起，我就觉得你的眼睛很亮，你也很好看。"
"知道了。"莫名的，江棉就开始泪如雨下，"我知道了，阿生。"

阿生，我喝完这杯水了，嘴里的薄荷味很浓，冰箱也依旧在嗡嗡作响。
大概还有三个钟头天才会慢慢的亮起来，可是从这一刻起，我就已经开始
想你了。
所以，阿生——其实每次这么叫你，都会让我的心变得潮湿和柔软。
那么阿生，明天见。

图书在版编目（CIP）数据

弥弥之樱 / 笙歌著 . -- 上海：上海文化出版社，2017.3（2020.1 重印）
ISBN 978-7-5535-0684-5

Ⅰ.①弥… Ⅱ.①笙… Ⅲ.①长篇小说–中国–当代 Ⅳ.① I247.5

中国版本图书馆 CIP 数据核字 (2017) 第 024812 号

责任编辑	詹明瑜　蔡美凤
特约编辑	菜秧子
装帧设计	刘　艳　米　籽
封面绘制	靳　昕
印务监制	李红霞
责任校对	周　萍

弥弥之樱

笙歌　著

出　　版	上海文化出版社
出　　品	上海故事会文化传媒有限公司
	（200020 上海市绍兴路 74 号 www.storychina.cn）
发　　行	上海文艺出版社发行中心
	（上海市绍兴路 50 号）
印　　刷	三河市华东印刷有限公司
开　　本	880×1230　1/32　印　张　9.125
版　　次	2017 年 3 月第 1 版　印　次　2020 年 1 月第 2 次印刷
书　　号	ISBN 978-7-5535-0684-5/I.196
定　　价	39.80 元

版权所有　翻印必究

上海故事会文化传媒有限公司 出品（00619）www.storychina.cn